花若盛開

蜂蝶自來

相信是大自然的賦與，
生命才能如此自在。

攝影 / 玩全台灣

山嵐請坐，一起早餐。

花舞山嵐農莊
阿蓮娜的蛻變花園

陳似蓮 著

週末來旅行，我在山的這一頭等您。

園區導覽圖

往阿里山

山嵐1路

造林區

山嵐2路

造林區

杜鵑環路

杜鵑花園

山嵐3路

造林區

花田路

大櫻花

福都來花園

每個人心中，都有一個花舞山嵐（夢想）。

在群山環繞中，讓生活恣意。

花舞山嵐 農莊

2020.7.18

仲夏 音樂饗宴
Midsummer Night Concert

表演嘉賓

■阿美族公主—
Dosigo 歌曲演唱

■音樂頑童—
輝哥 薩克斯風演奏

■心頌—
賴品真 說唱歌曲

■聲樂家—
陸震 歌曲演唱

■元滿組合—
樂曲合奏

■古箏美少女—
俞璇 古箏彈奏

■就是要唱歌—
詩尹 歌曲演唱

■花舞山嵐姐妹團—
烏克麗麗彈唱

花舞山嵐 農莊

阿蓮娜的蛻變花園

A Farm with Flowers in the Mists-
Alena's transmutative garden

陳似蓮 著

緣起

花舞山嵐農莊成立於 2012 年 2 月，一開始是租地種植上萬盆虎頭蘭，於 2014 年元月買下目前的基地，海拔 900 公尺，佔地約四甲。從一片檳榔園開始開墾，秉持將自然回歸大自然的理念，一甲作為花園休閒區，三甲作為造林區，一直到 2019 年 3 月完成還地於林後，農莊才正式於同年 8 月對外開放。

從一片檳榔林到一座花園，從一棵樹到種下五千棵樹（苗），九年，衣帶漸寬終不悔。為了要在這裡守護這片樹林，需要營生，而將大門打開，同時開啟了人生另一道門。

自序

　　2017 年底是我人生轉折點，失去了伴侶、斷了經濟、正值花季、趕碩論……當揪著心孤獨地開車摸黑送貨下山、上山那刻起，我知道我的人生變了，從此我只有自己。

　　就像人生變奏曲：困頓、迷失、失去自信、自我否定，我也演奏了，只是我啟動了快轉模式，將這些樂譜很快的彈奏完，然後面對未來。

　　獨自面對一座山，我望山興嘆，真希望能痛哭一場，都說大悲無淚，或許吧！多希望能瀟灑的把它賣掉，但賣掉後呢？我什麼都不是！我的人生難道就此劃下休止符嗎？不願意人生走到半百卻是一無所有，我想，此時，能成就我的只有「花舞山嵐」，也只有我能成就「花舞山嵐」了，相信這個花園失去我將會回到一片荒煙蔓草，然後待價而沽，如同我失去這個花園將一事無成，然後行將入木。於是，我重新思考人生意義，並且有了目標。

　　「花舞山嵐農莊－阿蓮娜的蛻變花園」的時間軸是從 2017 年冬，寫到 2020 年秋，從我獨自接這座花園寫起，前半部描述開始一個人生活的心境轉折，後半部寫將大門打開後所經歷的種種，致使人生有了轉變，最後結束在一場熱情洋溢的仲夏音樂饗宴中，同時也接續上一本書「花舞山嵐農莊－阿蓮娜的心靈花園」一書中所提到的夢想後來落實的過程。

　　大自然與土地一直是人類賴以生存的環境，人與自然、自然與土地、土地與人形成了一個圓，而這三者中間蘊含著愛，因為有愛，自然才能生生不息、土地才能涵養孕生萬物、人才能安身立命於大地上。

　　因此將全書分為四篇：生命樂譜、大地春回、自然之美、人存乎愛，共計二十二章。〈生命樂譜〉從一個人面對這座花園開始著墨，在孤獨中找到生命意義，心境上的轉折；〈大地春回〉則是描述從

砍伐最後一片檳榔林到種下一片山坡樹苗整個經歷過程，非常動人的篇章；〈自然之美〉以生活在大自然裡所呈現出人與自然融合而產生一種樸實的美麗；〈人存乎愛〉寫出這三年來參與我生命過程的人們所帶給我的溫暖與關愛。

全書四篇，二十二章，代表三年來我與花園一起走過的生命歷程。

每章均帶出一種植物，或作為隱喻，植物多元，上百種乃花園特色，能將植物代入書本亦不愧對以農莊為創作背景。

篇章

壹 . 生命樂譜

貳 . 大地春回

參 . 自然之美

肆 . 人存乎愛

壹、生命楽譜

生命樂譜

第一章

——

離 去

第一章 離去

　　2017 年 12 月，這年冬天來得特別早！我抱著咬錢蛙被迫離開工作十幾年的崗位，同時離開人生中十幾年的角色，深深的不捨，這是我們一起創業的公司，從負債作起，從 2 個人到 10 個人，從小辦公室到大辦公室，環顧這邊邊角角，有我人生最青春、最美麗的角落。

　　對它說：「錢蛙歸來乎，天寒！」、「錢蛙歸來乎，人心寒！」、「錢蛙歸來乎，無以為家！」帶你去山上隱居，那裡暖和，有熱情的小狗、有美麗的花兒、有層層疊疊的山巒，相信再適合我倆不過了。

　　這是馮諼客孟嘗君裡的對話：「長鋏歸來乎，食無魚！」、「長鋏歸來乎，出無車！」、「長鋏歸來乎，無以為家！」最後孟嘗君都得到他想要的，而我只想再得到一個「家」。

　　咬錢蛙跟我鎮守會計崗位多年，是我很喜歡的一個交趾陶藝品，我們去金門旅遊時它跳進行囊一起回來，它的蛙鳴裡帶有旅行中的歡笑，從此就跟著我一起工作，不論換辦公室、換位子，它都跟著我一起鎮守財庫。這會兒，咱會計不作了，跟我下花田吧！換鎮守花園，當花農去。

踏出大門那一刻，如同一把箭從背後刺穿，何嘗錐心啊！汩汩而出的是時間河流，一幕一幕往前，旅遊的快樂、買菜的家常、每天辦公桌上的一杯熱茶、駢手胝足一同向前 — 創業、開墾農莊，最後定格在櫻花路上一棵英姿煥發的櫻花樹下，綻放得嫵媚的玫瑰花，相得益彰對望著。

玫瑰花驕豔動人，品系繁多，堪稱所有薔薇科中顏色最多的，花期大約三天，全株有刺，花謝後修剪，很快能再長出新花苞，幾乎能維持全年有花。象徵愛情的花，在《小王子》一書中的玫瑰花道盡了愛情，愛情是脆弱亦是堅強？玫瑰花在小王子離去後不再需要玻璃罩，它可以大口呼吸、不再怕風吹日曬雨淋，它能在溫室裡生長，但它其實不是溫室裡的花朵，甚至喜愛陽光，喜歡在大自然底下，植株上的刺有自我保護作用，對環境及土壤適應力強，看似嬌弱的花其實骨子裡有堅毅的生長因子。

意識到「寂寞」會將我吞噬，失去長久以來慣性工作，失去生活中唯一講話對象，失去一起上山伙伴，失去商量隊友，失去靈魂伴侶……而將面對

的是花季、是碩士論文、是一座要開墾
的花園、是斷糧的廚房，如果沒有先將
「焦慮」阻絕，絆倒自己腳的會是另一
隻腳。

　　日子在非常寂靜中渡過，呼吸、心
跳是室內唯一的聲音，這聲音彷彿在提
醒我，我還活著，活著就要有活著的樣
子，於是乎，我那堅韌的意志力頓時從
沉睡中甦醒。

＜消失＞

當你一無所有的時候
眼裡有我。
現在你什麼都有了
眼裡沒有我。

愛情
讓我們無畏無懼
勇往直前。
牽著我的你的手
是堅定的
種下一棵棵樹
滋生愛苗。

現在你什麼都有了
再一個愛情
把你拉走
獨留我。

牽著你的我的手
是堅定的
那麼美妙
幸福環繞。

當我們擁有了許多
你卻漸漸走遠
終於——
我消失在你的眼裡
你消失在我面前。

生命樂譜

第二章

———

黑夜與白茫

第二章 黑夜與白茫

夜晚，白茫茫一片濃霧，能見度很低，但對於這樣神秘的山路我已經可以駕馭自如了。看著這景象，不禁想，2017 年冬，我車還開的心驚膽顫，幾乎是停下車來，而今，黑夜裏的「白」，對我而言不過就是個顏色，如同曾經對黑夜的恐懼，經過無數次穿梭後，「黑」就是個顏色罷了！而在這之前，不論「黑」與「白」所代表的都是「恐懼」。

「恐懼」跟隨了我好長一段時間，甚至想，那時的我早已被「恐懼」綁架而失去自覺了。「恐懼」跟著我在黑夜與白茫中行駛；又跟著我回家，跟著我在屋裡走來走去，又跟著我到山上睡覺、吃飯，跟著我在深夜的花房理花。以前兩個人夜間理花總有個伴談天說地，夜深了能相依相偎共枕到天明，是溫暖的，現在，花田裡只有一個人的身影，從白天到夜晚，那個如影隨形的黑影（恐懼）什麼時候才要放過我？開始要懷疑是不是在作惡夢？

　　我一點都不喜歡一個人，當夜暮低垂，獨自開著車送貨下山、上山，那種孤寂乾癟的心，連黑夜都不想吞噬，太難下嚥了。那年，第一次一個人摸黑開車上山，那種心境是完全陷入無底深淵，到現在都還忘不了那時的景象，很多的「為什麼」全部一起湧上心頭：「為什麼丟下我？」「為什麼我只有一個人？」「為什麼我要承受這個花園？」「為什麼我要這麼苦？」「為什麼老天爺這麼對待我？」「為什麼……為什麼……」不明白這個花園之於我有什麼意義？不明白我人生還有什麼意義？常常是暗夜獨自淚溼衾枕而眠。

　　第一次開在滿是濃霧的山路時，不相信眼前是條路，完全看不見，能見度幾近零，這比黑夜還可怕，暗夜只是黑，燈能照亮路面，而白茫則是陷入五里霧中，燈照亮不了白茫的路，這樣的路除了恐懼還有沮喪，那種完全無能為力感就像自己是個廢人一樣，我將車停在桃花心木林旁等候「白茫」散去，「黑夜」到來。

　　我討厭黑夜，但更討厭白茫，白天白茫的桃花心木林是每回經過總要讚嘆的美，它不同於其它樹，它總在春天落盡葉片，讓您看到滿地的春，枯黃的葉子猶如舖上一層蓆子等您進來來歇歇腳。此時，卻想逃離，樹立的林木在白茫中隱約可見身影，只有更加深恐懼，不知道要等待多久，也不知道等待的過程會出現什麼？不像「黑」，隨著時間過去也就過去了，黎明會來；在白茫中，閃爍的警示燈，答—答—答—瞬間像是恐懼對我發出的猥瑣聲音，它似乎不想放過我，在這樣黑夜的白茫中。

　　三年了，經過無數次穿梭黑夜與白茫後，我已經能駕馭自如這條神祕的山路了，而眼前所見的「黑」與「白」，說到底不過就是個顏色罷了！恐懼，已經奈何不了我了。

　　2017 年冬，寫了「黑」與「白」，都是在黑夜與白茫的山路上，極度哀傷下寫出來的，彷彿我的人生只剩黑白，當時的心境已經不是刻骨銘心可以形容，而是蝕骨刻心了。這兩首詩代表了我的悲傷時期。

＜黑＞
　　夜，降下，黑將我綑綁，
　那凝窒的氣味是黑的味道，
　　　嚥不下，吐不出，倒抽口氣，
　　　黑，像一團綿球卡在喉間，
　　　咳不出，胸悶就快窒息了。

　　黑，上升，星斗撥開了夜，
　詭譎的亮點冒然竄出頭，
　是火球，劃破黑夜，
　啪！從背撞擊，
　那堵在喉間的黑被襲捲，
　癱瘓了心，
　不久——
　黑，又來了。

＜白＞
　靜靜地，看著我，
　白色明眸訴說著，
　　給我你的手你的身，
　　讓我與你相融，
　　靈魂深處有情歸。

　嘆息著，飄渺在白茫天際中，
　是靈魂的回音：
　　我的世界是蒼白，
　　與你同色，為何？
　　沒有歡笑與哭泣，
　　只是一片白茫茫，
　　如果，如果
　　給你我的手我的身，
　　請帶我去看彩虹。

　白色明眸頓時成了一道彩虹，
　劃過天際。
　靈魂終於笑了，
　給你。

第三章

───

孤 獨

第三章　孤獨

　　檀香是一種很特別的植物，特別在它須要有「陪伴」的植物與其共生。檀香種子發芽後，在沒有寄主植物陪伴下，自身的養份只夠維持三個月左右，在這之間一定要為它找到「陪伴者」，適合它的優良寄主植物，便能更形茁壯，否則，會停止生長，葉片會開始變黃、落葉、甚至死亡，算孤獨而死吧！這是我覺得跟人很像的一部份，每個人都需要被陪伴、被需要，生命在互相依存中，得到彼此關心愛護，彰顯生命價值。

　　2018 年是我面對孤獨的第一年，只能用「非常、非常、非常的孤單」來形容處境，因此跟著家人朋友去了不少地方旅遊，以為這樣孤獨就不會侵蝕我的心，但如果孤獨是這麼容易驅趕的，不會有許多文章在教我們如何面對孤獨、如何與孤獨共處、告訴我們孤獨有多麼美好，以及孤獨的好處等等，我想，面對孤獨是不容易的，不像快樂，不須要教如何面對快樂，當快樂來臨的時候，自然而然就會眉飛色舞，孤獨的夜晚更像一把利刃，隨時會將自己鎖喉似的。

　　初春，和媽媽、姨媽、姐姐、大嫂，一群女人去國外旅遊，充滿驚險與美好，令人回味；初夏和同學去澎湖玩，那是我最愛的地方，在海邊喝啤酒、吃鹽酥雞，重返學生時代，生命依然年輕；盛夏去越南訪友，在海灘大啖海鮮，在沙灘晨跑，生活依然美麗；初秋和朋友去柬埔寨漫無目地的花錢，依然是那個我。假日親朋好友來訪，吃吃喝喝，在人群裡，我顯得很開心，彷彿一直以來我都是一個人，再沒有人提起他，好像他不曾在我的生命裡出現，好像過去 17 年是假的，沒有失去伴侶、沒有孤獨這件事，可我知道，這一年，我沒有真正快樂過，我只是沒有不開心，所有的旅遊都是在人群裡感受孤獨。

　　我讓孤獨住進來家裡，住到山上，住到心裡，品味徹底的孤獨是什麼？是苦嗎？是悲嗎？更甚是懷疑！懷疑自己的真實性，徹底的懷疑自己過去 17 年存在過嗎？

甚至天真的以為，是在夢境裡，正在作一場永無止盡的夢，有一天，我說，我們再也不要分開了，一個人太孤單，結果是一場夢！又一次，我跟他說，我作了一個夢，夢裡我們分開了，還好是作夢，結果，又醒來了，不知道還會不會再醒來一次？到底是人生如夢？還是夢如人生？還是如夢幻泡影？

面對深夜的碩士論文是痛苦的書寫，2017 年開始寫碩論，就鞭策自己，如果要兩年順利畢業就每天一定要寫到 11 點才能就寢，有超過半年的時間總有人陪伴在側，再晚都有溫暖。

碩論寫的是兩人胼手胝足一起開墾農莊的歷程，從一片檳榔林到一座花園的故事，三分之二的章節都是充滿快樂與冒險犯難的情節，寫到二分之一時，就覺得我的人生太美好了，以為這輩子就這樣幸福，那時的我對生活感到知足。突然，毫無預警，剩下我一個人了，一樣深夜寫著論文，但變得好孤單，屋裡靜悄悄的，沒有電視聲，沒有人聲，沒有鍋碗瓢盆煮宵夜的聲音，感覺會寫到窒息，那時，經常想，我的人生怎麼會掉進黑洞裡呢？有時一個人到金石堂的小書房寫論文，寫到關店，只為了避開孤獨感，但真的不孤獨嗎？還是一樣孤獨，

人群中的孤獨才可怕，像金鐘罩一樣，回家繼續面對孤獨，看來孤獨這輩子是跟定我了。

口考通過的那天，我只是象徵性的去看了一場電影慶祝而已，連杯可樂都沒買，沒有任何情緒愈波動，好希望可以歡欣鼓舞三天、好希望有人能跟我一起高興一起慶祝一起吃大餐，走出電影院後沒多久，連看什麼都忘了。

花園一輛手排小貨車讓我發愣很多年，因為不會開貨車，造成工作上諸多不便，樹苗、食材、垃圾、木材、園藝用品，全往休旅車塞，於是萌生換車念頭。買車時，一個人騎著電動自行車，拎著借來的現金去車廠，買一輛「皮卡」，很大的車，有了後車斗，方便許多，滿足我可以盡情載東載西。牽到車那天，突然不知要跟誰分享買新車的喜悅，就直接開去市場買菜準備隔天上山，關於買新車的喜悅漣漪，只有與孤獨坐上車那一刻微乎其微波動了一下下而已。

2018 年 6 月，研究所畢業了，我以為我會很高興，但是沒有，2019 年 6 月，換了新車，我以為我會很高興，也沒有，「高興」好像離我遠去似的。

　　當開始獨自面對農務，第一件頭痛事是「噴藥」，我只有一張之前配藥的小抄。不知道什麼時候用什麼藥，不知道稀釋倍數怎麼算，雖然以前跟著賣農藥十幾年，但從來沒去了解各項藥的用途，只知道它養了我十幾年，也因此從來不敢吵著說要吃「有機」食物，甚至覺得種樹是回饋給大地僅能作的，面對農藥就是很熟悉卻又很陌生的東西。那張小抄用了快半年，把儲藏室裡的農藥用的差不多了，才開始換藥，開始正視這件事。2018 年收成量很低，低到不像話，2019 年美麗的軛瓣蘭史無前例全軍覆沒，感覺像白忙了一場，如同白忙了一場我自以為的美麗人生。

　　為了做休閒區，將一半的蘭花盆往園區下方移動，噴藥管線跟著拆除，但還有一半的花盆留在原處，需要噴藥施肥，就想起之前來幫我噴草藥的老人用小貨車裝載馬達、藥桶的裝備；我想，除了噴藥，以後除草也要靠自己，就像新生，要學的還很多，於是我依樣畫葫蘆，請水電師傅幫忙準備一套給我，然後教我怎麼操作，看著這樣的設備，只能苦笑，光要啟動拉馬達的那個扭力，可能還沒發動，手就扭到了，再則，我也不會開小貨車，很深的孤獨感油然而生。

2019 上半年，為了打開大門營業，很忙碌地在整治農莊，有一段時間工人青黃不接，又為了趕工，哪怕三更半夜也還在山路摸黑開車，不是接這個，就是送那個，有一次，送工人離開，到車站都晚上十一點了，回程，找了家店吃宵夜，不是肚子餓，而是孤單的心頓時好累，只想坐下來靜會兒，這一坐就「隔天」了。完全沒車的山路，更顯得孤寂，不覺傳來深深嘆息聲，是誰？誰的嘆息聲如此單薄？該是溫存時刻，伊人卻馬不停蹄奔馳於蜿蜒山路中，為的是哪椿啊？

我輕嘆著。

2020 年底，十五的月亮份外銀白，開在台 61 除了眼前的月色，無它，突然品味起「寂寞」，過去的三年只有很深的孤獨感，倒不覺得寂寞，那晚因為開錯路，在陌生的台 61 與月圓啃著寂寞的骨頭，頓時悲從中來，不覺時間過得倒也快，終究東奔西跑，家還是最美的歸宿，好不容易回到了花園，略感疲憊，見小狗來相接，工人出來為我開燈：「姐姐回來了。」又來精神了，我轉身看著寂寞落寞離去，是的，不送了，但謝謝你送我回來。

　　我是這麼喜歡熱鬧的人，生活裡頓時少了可以分享喜悅的人，反而開始品味孤獨，有一天與人聊天，直覺的說，我喜歡「安靜」。後來細細思考這句話，其實不是喜歡「安靜」，而是已經習慣安靜了，換句話說是習慣了「孤獨」，才發現「安靜」(孤獨)是生命啟動的一種模式，意旨在聆聽山林裡的樂章，天地之大，再沒比祂大，刻畫生活在安靜的山林裡想必是老天給我後半輩子的功課，讓我在孤獨中學習生命應安於大自然的寧靜。

　　我最喜歡品味孤獨的時刻是在山坡上，在偌大的林區裡整枝修剪，攀附過一棵棵樹，穿越林間，寧靜，像仙境。

＜翁鬱＞

多年以後，
仍然喜歡走進那一片翁鬱，
在林間修修剪剪，
時而低頭穿過樹幹，
時而側身閃過枝葉，
時而休憩倚靠臂膀，
身體像一首旋律，
與一棵棵樹共舞，
年過六旬的我，
依然曼妙在林間。

而我愛的那梅花，
當年殷殷期盼，
多年後不經易回眸，
竟已如雪花般在枝頭上攀附，
啊！那梅花不覺灑落在我項上，
將青絲覆成了鶴髮。

　　預約的客人來用晚餐，因為才三人，所以我一人上場足夠了。

　　客人問：妳先生呢？

　　答：我沒先生。

　　又問：妳小孩呢？

　　答：我沒小孩。

　　一陣沉默……四句話，結束了對話，這荒山野嶺的……

　　皎潔的月亮爬上了山頭，將屋前的黃楓照得透亮，星星也佈滿了夜空，明天肯定是好天氣。

第四章

大禮拜

第四章　大禮拜

　　從我的伴侶離開後，我的「家」也散了，開始為失去「家」懺悔，懺悔不在「對」「錯」，而在於「失去」，當我失去原來擁有的所謂「圓滿」時，懺悔成了填補這個空缺所能作的，那時每到一間廟宇就是跪，跪在菩薩面前叩首懺悔，「為失去家懺悔」，每每內心說到這句話時，淚就撲簌簌落在跪墊上。

　　在我恢復單身的第三個月，也就是 2018 年年初，我心有所感應，要把自己放到最低，五體投地懺悔才能徹底走過人生的低潮，於是發心行「大禮拜法」（所謂的「大禮拜法」就是五體投地的拜佛儀式，將頭、雙足、雙肘趴在地上拜佛，而後站立起再全身而下跪拜，其意義在於消除自己的傲慢貢高。）作 108 遍，每遍 108 次，就這樣我經常一個人在客廳，有時早上、有時下午、有時晚上，有時一天兩次，對著家裡供俸的觀世音菩薩跪拜，通常會伴隨著《金剛經》，一輪《金剛經》剛好能作完 108 次的大禮拜。很錐心刺骨的一個階段，很煎熬。

　　2018 年年初，我很多時間都待在台中寫碩士論文，一度寫不出來，擔心是否會延畢？碩論內容是關於兩人胼手胝足開墾花園的心路歷程，以及只羨鴛鴦不羨仙的山居生活，那時論文已經寫三分之二了，失婚影響的不只是心情，還影響碩論進度，是修改前面？還是粉飾後面？有將近 2 個月時間完全不知該如何接續。常常是面對著電腦發呆，然後就起身作大禮拜，這時所有的妄念都紛飛在頭上，加起來只有一個字，就是「苦」，身體承受跪拜的苦，心靈受到孤寂的摧殘，精神上被妄念給紛擾著，但同時在跪拜中也得到醒悟，關於碩論：「最好的接續就是忠於事實，一定要如期畢業。」我就是我，真實的我，本來面目的我，於是，將落後的段落趕緊追上，哪怕寫字時揪著心，也是一字一句刻畫，這是我人生與花園的記錄啊！誰會在乎我是哭、是笑？就是看一個故事罷了。

　　每次回到山上，就沒作大禮拜，算算，這樣一來，108 遍會拖上好幾個月，不該這樣的事不上心，於是，就在狹窄的貨櫃屋地板舖上墊子，剛好山上有一小尊木製觀世音菩薩像，就將祂放在前方桌上，然後窩在小小的空間裡開始跪拜，微弱的燈光有點像自己無法舒展的心，更像門前那唯一一朵遲遲不盛開的茶花—黑貝拉，緊閉的花苞褪色中，眼看就要落蕾了。

　　愈到後面，身體愈輕，想法變成要趕緊把大禮拜作完，就像交作業一樣，愈接近倒數愈有衝刺的動力，跪拜的速度變快了，那個身體的苦也變得不再那麼苦了。終於，黑貝拉盛開了，花瓣明顯被蟲啃蝕一角，赭紅花瓣帶點黑色紋理是它的與眾不同，孤立殘缺又與眾不同更顯出它的堅毅。

　　前後 8 個月才將 108 遍大禮拜作完，每次作完大禮拜就持準提神咒，算算跪拜了 11664 次，持準提神咒一萬遍，剛開始一跪拜，頭還沒碰觸到地，經常就已經淚流滿面不能自己。這中間曾發生一隻腳痛，幾乎無法下跪，只能用另一隻腳作支撐，再

慢慢的跪下；也曾腰酸到根本無法彎腰下跪，也只能用分解動作完成跪拜，那時身體上的不適我都認為是過程中應該承受的，既然是「懺悔」，那麼有所責難是應該的，也就不執著身體上的問題，反而覺得身體不是自己的，更能專注在跪拜上。一些念頭確實斷了，很自然地，那個苦打包了，被封印了。

其實，在這之前，我完全不知道「大禮拜」是什麼，雖然不明白那時為何會有神來一筆的念頭行大禮拜，但不可否認，「懺悔」是人生走到坎境裡還能有所依歸的一帖良藥，想必是菩薩為我點了一盞燈，指引人生道路方向，讓我不至困頓停滯。

＜心燈＞
入夜，
看著門前那盞小燈，
忽暗忽明，
有時猜她會不會就此熄滅了？
好幾次我賭她撐不過明天，
但她終究微弱的亮著。

　　這首詩寫的是我的心境，常常覺得自己像一盞隨時會熄滅的燈，只要一絲風進來，那燈就會熄了，但卻終究微弱的亮著，都不知道是什麼力量護著，那時的我，心很虛弱，體力倒旺盛，常常大禮拜作完就去跑步，或跑步回來就作大禮拜，明明趕著論文、忙著花季、睡眠少得可憐，累的半死，時間一到就是「作」、就是「跑」，大禮拜跟跑步貫穿了我的花季、論文及口考，陪我撐過谷底，為了不辜負那股護持力量，開始每天給自己點一盞燈護著心燈，不讓它熄滅。

　　回頭看，常懷疑那時的「我」是我嗎？

＜點一盞燈＞
　每天早上出門前，
　先點一盞燈，
　為延續一天生命，
　這一天，
　因為知道有一盞燈亮著，
　再晚都能尋著燈光回去，
　小心端著，
　別讓燈熄了！

生命樂譜

第五章

———

跑 步

第五章　跑步

　　知道嗎？我漸漸能體會「人生沒有白走（白跑）的路」這句話，2018 年初，我突然開始跑步，都還記得，那天從嘉義回台中已經晚上 8、9 點，像換了個人似的，車子一停下，進屋裡換布鞋，一刻都沒逗留，就跑步去了，這是我第一次跑步。

　　第一天跑步，才三公里，跑跑停停，簡直快死了；第二天又去跑，停的次數減少了，但依然痛苦；第三天，終於沒有停下腳步。就這樣開始，一週最少一次，循序漸近，跑了一年多，到了 2019 年 5 月，我已經能跑 10 公里不停，73 分鐘；一直到今年，2020 年 3 月，可以跑 16 公里不停，110 分鐘的成績了，這是這輩子從來沒想過的事。剛開始跑步流的汗，臭不可聞，也不知經過多久，終於可以用 ~「香汗淋漓」來形容了，至於跑步的意外收穫是：多年慣性腰酸居然不知不覺好了。

　　當時，並不知道跑步在日後對我有什麼幫助，終於，第一次發揮作用是在種樹的那一個月，也就是 2019 年 3 月，那時已經跑步一年了，我展現過人的體力，給自己一個月時間，就帶著兩個工人，

要將 2 甲多的山坡造林完成，那個三月是畢生難忘的月份，天氣熱的時候很熱、冷的時候很冷、不是大雨、就是小雨，工人很可憐，不論刮風下雨、風吹日曬雨淋，就是種樹！一整天就是在陡坡上上下下，那一個月只休了兩個半天，近 3000 棵樹苗、1500 根竹竿，出乎意料 20 幾天就完成了。回想起那時的體力都還覺得不可思議！

　　第二次的考驗，是在同年的 5 月，我訂了一批步道磚，談好了給司機搬運加 800 工錢，司機一來到，車還沒停好，搖下車窗開始一連串碎唸，就像老太婆的裹腳布，又臭又長，說沒走過這麼難走的路（嘉 130 縣道），我回，貨櫃都拖好幾個進來了呀！而眼前這輛也不過就是中型貨車，叭啦叭啦……沒見過這麼吵的大男人，然後，撂下：自己搬吧！等你！！

　　可以肯定的是，以前，覺得只剩下勇氣，現在才知道，除了勇氣，我還有骨氣！我沒第二句話，叫來自己的工人，然後跟著一起搬，心想，不過就是 500 個步道磚、50 個空心磚、15 袋 30 公斤裝的石子，老天大概覺得我筋骨太鬆散，讓我鍛練鍛練吧！

　　我在車上傳遞，男工和女工在車下接，搬到200多個步道磚開始流汗了，載手套的兩隻大拇指也磨破皮了！男工說：「姐姐休息。」當然，這不是休息的時候，已經要天黑了。終於，腰桿不行了，換我跳到車下接，男工上車傳遞。兩個大男人（司機）就這樣在一旁冷眼看著一個大嬸（我）、一個孕婦（女工）搬磚塊，我當下想，人存在的價值是什麼？又或者存在的不是人？是魔鬼考驗我來著？！

　　老闆估計我們要1、2個小時才卸得完，沒想到40分鐘就搞定了！搬完之後，什麼氣都沒有了，一開始的不悅完全消失，取而代之的是得意，我速度居然這麼快！通過魔鬼的考驗了！

　　我以為的「突然」跑步，其實是老天爺給的「徵兆」，知道體力能彌補我年紀的不可逆。若沒有前面一年多的體能訓練，後面那些需要體力的工作我根本無法承受。

　　跑過不同時間、不同地點、不同心境，還有不同的天候，有一次在雨天，那時才剛開始接觸跑步沒多久，心境還很落寞，整個公園從原本三三兩兩

拿傘散步，到只剩我一人，我因為想完成設定的目標里程，不管雨怎麼打在臉上模糊了視線，依然繼續跑步，邊跑邊抹掉眼簾下摻雜的雨水與淚水，溼透的全身像從海水裡撈上來一樣，那時的我真的很像飄浮在大海裡，茫然，但我想，至少可以跑完目標，完成一件事吧！2018 年的我，人生完全沒有目標可言。

有一次在國外沙灘上。清晨，那是我第一次在海邊慢跑，很舒服，涼爽的風拂面，沿途聽著浪聲，看著沙灘上的貝殼，很熟悉，從 20 歲開始「海邊與貝殼」就不曾離開過我的生命。看著沙灘上的貝殼從我腳邊一一而過，我想，我不再年輕，撿貝殼的悸動也不再了！百年後我的百萬貝殼也不知情歸何處？！跟過去告別吧！告別 50 歲以前的人生吧！

還有一次，從商店採買出來，放回推車，心不在焉，一轉身腳被欄杆絆倒，整個人重重摔倒在地，膝蓋撞上地面，「叩」一聲，真怕要骨裂了，腳踝馬上疼痛難耐，當下想的居然是還能不能跑步？隔天布鞋穿上就跑去，謝天謝地，腳沒事。

　　阿里山國中小操場，是跑過最高海拔、最小的操場，一圈就 100 公尺，要跑 100 圈不難，光說跑 100 圈就覺得了不起，雖然像極了打陀螺。那天的學校在山嵐裡，景色很美很動人，空氣中瀰漫著一股山裡特有的清新氣息，跑步過程能感受到水氣從鼻息間而過，校舍裡溼度計顯示 95%，難怪皮膚沁涼，一整個保溼潤澤，第一次跑得充滿舒適感，雖然在海拔 1100 公尺，心率比平常快，但並不覺得喘，也不太流汗，美妙的地方。

　　跑了兩年，第一次被搭訕陪跑，可惜啊！可惜，是位老先生，不然我可要故意跑到腳扭到，然後倒在他懷裡，即然是老先生，可不能輸他唷！我拼命往前跑，把老先生拋在後頭，在最後一圈時，乖乖，他老先生居然衝刺，足足領先了我半圈，還瀟灑地跟我揮揮手 bye-bye ！

　　挑戰 11 公里的時候，是去中埔的一所國中，傍晚的鄉下學校不像都市會有很多人來運動，甚至是沒有人，那時整個操場就剩我一個人，天色闃黑，一度想放棄跑 11 公里的目標，我跑著想著，放棄

的原因是因為天暗？還是因為沒體力？還是期望白馬王子將我攬腰攔下共進晚餐？大腦分析著：體力沒問題、白馬王子沒有，那就是怕黑了！如果安全上沒有問題，那麼，黑，不過就是個顏色，不是嗎？於是，在黑暗中我突破了 11 公里，76 分鐘，因為「黑」，還讓我的速度加快了。

嘉義體育場是跑步過的場地中，最有人氣、最明亮、路面最好跑的。想想，前一個月在黑暗與孤獨中能突破 11 公里，這次這麼多人陪著我跑，又前途一片光明，有什麼理由不再自我突破呢？於是 12 公里、77 分鐘，時間與距離同時自我突破，而從 11 公里到 12 公里只間隔不到一個月，開心！

到了 2020 年，有近半年的生活，除了睡覺就是工作，唯一消遣是每週的跑步。有天時間充裕，有心理準備要挑戰 14 公里，用了 95 分鐘！之前跑 13 公里時 83 分鐘，有點想檢討為什麼多 1 公里卻多 12 分鐘？不應該差這麼多的！就像工作開會一樣，逐一檢討進度與缺失。敢情我連跑步都工作魂上身了？！工作魂退散、退散，別擾了消遣呀！

　　挑戰 16 公里的前一晚，我接到村民因為「水事件」警告訊息 (寫在十九章 〈挫敗〉) 而睡眠不足，原本還擔心睡眠不足，沒什麼體力跑步，沒想到一穿上布鞋，活力就來了，並且想挑戰 16 公里，我想，挑戰 16 公里只是讓我過「水事件」的心坎，不知要怎麼排解堵住的情緒，就跑步吧！110 分鐘，腳已經不是我的了。跑完後和朋友在路邊席地而坐喝起冰啤酒真是舒暢，至於「水事件」，翻頁了！

　　跑著，跑著，感覺自己就像屋頂上的木玫瑰，不斷的漫延，爬上圍欄，攀上屋檐，攔住窗櫺，勾住樹梢，跑到牆外……無止境的延伸，一旦開花，整片綻放，蜂湧而至，結成的木質化蒴果是它一生最美的收藏。很野的花，但懂得為自己生命留下伏筆，其實是生命的毅力。

　　之於我，跑步，就像一個出口，每自我突破一公里就如同突破一道關卡，又往前進了一步，而往往被一個事件絆住，也會透過跑步將惱人煩心事同時給跨過，有點像跑障礙賽，跑步帶給我的何嘗是體力鍛練，更多時候更像是一場儀式。

　　2019 曾經有人問我：「為什麼跑步？」

　　我不假思索的回答：「每當困惑就去跑步。在跑步中思索，讓腦內啡活絡，降低我的困惑感、增加我的愉悅感。」

　　「所以，這一年多來，妳一直處於困惑中？」

　　我愣了一下：「是的。」原來我已經困惑一年了！內心不覺自問。

　　但漸漸的，我不再困惑，而是為了花園跑，希望有充沛的體力為農莊多作點事，我相信這個花園是我最後一戰(站)，將如同跑步，一往直前，沒有退路，但現在，覺得 50 歲的我，該為自己而跑。總結是：

　　2018 開始跑步是因為困惑，每當困惑就去跑步。

　　2019 開始覺得是為了花園而跑，因為需要體力。

　　2020 起跑時，心境又變了，這年姐跑的是自律。

　　經常想，過去的我，一定不相信未來的我會返璞歸真——生活規律、早睡早起、還會跑步，深居大自然裡，以務農為生，別說過去的我不相信，現在的我也不相信眼前的我是真實的。

＜忘了＞
　忘了曾經，
　忘了過去，
　忘了過去曾經的美好。

　記得曾經，
　記得忘了，
　記得忘了美好的曾經。

　不忘　不忘，
　絕想花舞山嵐，
　夕陽餘暉倒映過去，
　在滔滔雲海，
　孤獨沈默是今生告別，
　忘了！

第六章

金剛經與蘇東坡

第六章　金剛經與蘇東坡

　　早已忘了是從什麼時候開始聽《金剛經》的，沒有 10 年，也有 8 年，每天晨起就是聽《金剛經》。與金剛經的因緣是因為聽到蔣勳先生唸誦有日本永觀堂鐘聲的《金剛經》開始，也許是因為那個鐘聲，也許是因為蔣先生的音頻，也許是曾經聽到時喜悅的心境，但可以肯定的是，絕不是經文裡的義理，因為哪怕到現在，也從沒認真看過經文一遍，更別說去理解它的含意了，總之，不得而知，可以肯定的是，它伴了我無數個晨起，還有在我人生最低潮時。

　　至於蘇東坡，也是聽蔣勳先生說書而愛上的，蔣先生說了很多歷史人物，我都聽了，就只愛上蘇東坡，我想，除了內容精彩外，還有那是我與外子在人生愉悅階段中有過的美好回憶，當蔣先生唸到「江城子」時，不管他手上正忙著什麼事，總會不自覺的說「這不是聽過了嗎？」其實我經常聽蔣先生說書，很多內容都是反覆又反覆聽，唯獨蘇東坡的江城子，他會有反應，蘇東坡代表了我人生中一個時期，而江城子又代表了這個時期中的一個階段。（謹以此段獻給我曾經的美好。）

＜江城子＞

十年生死兩茫茫，不思量，自難忘。

千里孤墳，無處話淒涼。

縱使相逢應不識，塵滿面，鬢如霜。

夜來幽夢忽還鄉，小軒窗，正梳妝。

相顧無言，唯有淚千行。

料得年年斷腸處，明月夜，短松岡。

最後，誠如蘇東坡〈水調歌頭〉中寫到「人有悲歡離合，月有陰晴圓缺，此事古難全，但願人長久，千里共嬋娟。」生命在中年有了轉折。

當時我聽到的蘇東坡是他樂觀那一面，體會不出他人生中落難那一面的苦楚，因為人在快樂的時候不會知道孤苦是什麼，當時的我身處在喜悅美好裡，哪怕聽到蘇東坡落難了，也覺得連落難都是美麗的；但當我變成一個人時，聽到的是反而是蘇軾人生中孤獨那一面，然後面對苦難的心境轉變，以及從苦難中找到豁達人生觀那種錘鍊，若不是蘇東坡的鼓勵，我不會知道我生命還存在一個大自然的意義。

在我人生最低潮時，《金剛經》陪著我一起走，那時，一天聽個三遍、四遍、五遍，甚至十遍都不足為奇，2018—2019那兩年我聽了不下三千遍，一個人悶著的時候，脆弱的時候，孤獨的時候，無時不刻需要聲音的時候，《金剛經》強壯了我；而蘇東坡的陪伴讓我的孤獨不孤單，就好像身邊真有個人陪著我一起走過人生的苦難，這苦難變得天經地義一樣，也因為孤獨而對人生有了不一樣的體悟，那兩年聽蘇東坡應該重複不下五百遍吧！想必《金剛經》與蘇東坡都是老天早已為我安排好的經典，若不是有之前的緣起，那兩年處在低潮的我可能會很茫然甚至墜落。

《金剛經》與蘇東坡看似不相干的經典，對我卻如同精神導師，前者是引領心的方向，讓我不至於走上偏頗；後者是帶領我至一處，學習安身立命。松可以在峭壁中生長得堅韌，因為它知道環境能給的有限，所以讓厚厚的角質層包裹松針基部，減少水份流失，讓生命久一點，這是蘇東坡；檜不會有人想去雕塑它，因為它生長不急不徐，筆直通天，成就材質堅硬，散發獨有氣息，成了無可取代的木

質，這是《金剛經》，經典不只在書上，也在我的花園裡，一棵樹就是一部經典。

有人問我，聽《金剛經》這麼多年有沒有得到什麼？有。

「云何應住？云何降伏其心？」什麼能安定我的心？讓焦燥不安的心平靜下來？就是《金剛經》。聽金剛經的當下，我得到靜心；以及「不驚、不怖、不畏」光這六個字，對我的幫助就很大，那時經常是一個人面對日落月昇，那種即將進入黑暗時刻是最容易產生焦慮感；當我陷入「過去」時，祂告訴我「過去心不可得」，把我拉回當下，哪怕我已經可以克服山居生活的突如其來，包括狂風大雨、落石、坍方或被困在這裏的種種恐懼，卻克服不了「過去」，每當被問及過去，我總會先愣住，然後俏皮的說：「我沒有過去，也沒有未來。」我想是受到《金剛經》的潛移默化「過去心不可得，現在心不可得，未來心不可得」，常常要好幾個《金剛經》的陪伴才能「心無所住」，那個經文、那個鐘聲不斷複誦，如是降伏我心，一直到最後「如夢幻泡影，如露亦如電」我知道「應作如是觀」。

　　若我早晨在花園裡聽《金剛經》，那麼所有的
小狗們都會一起聚集在我身邊或坐或臥，跟著聆
聽，感覺像在上早課一樣，憨吉是歷來所有狗中，
最認真跟我一起聽《金剛經》的，但牠比我專注多
了，總是靜靜或坐或臥，如是降伏其心，沒有到
最後一刻聲音停止不會離開，而我經常是邊吃早餐
邊滑手機邊聽，時而起身，又時而坐下，無法生
清靜心，我想，在《金剛經》面前，我們是一樣的，
就是「善男子」、「善女人」，只是我這個善女
人太散了。

＜願是＞

願是浮光掠影 跟隨你的靈魂

願是晨露暮氣 跟隨你的靈魂

願是浮蝣塵埃 跟隨你的靈魂

帶著我 伴著你 隨著時間去

你的氣息 停留在我胸口

那一刻 我才有靈魂

帶著我 伴著你 隨著時間去

我的靈魂因你而存在

在舌尖 在眉間

讓我跟隨著你的靈魂自在

生命樂譜

第七章

———

貪生。怕死

第七章 貪生。怕死

2017 年 11 月第一次開車擦撞護欄，整片車門凹陷，當下什麼感覺都沒有，好像什麼都不重要了，不就是一片車門嗎？

2018 年 6 月，在高速公路上與砂石車發生擦撞，它緊急煞車，煞車聲又尖銳又長，我想它就要撞上我了，瞬間想到家裡的垃圾沒倒、小狗沒餵、晾的衣服還沒收……從照後鏡看，它為了不撞上我，整個車頭幾乎要折成 90 度，好怕它會翻車、好怕會造成追撞，還好一切的「怕」都沒發生，它在最後一刻煞住了！只從我車子的保險桿擦過，而我驚魂未定。原來我怕死。

這週注定要來醫院的，與大車擦身而過，卻與黃蜂撞了個正著。一天早上到邊坡修剪當年我一手栽種的藏柏，沿途看到不少小蜂窩，走著走著看到一個巴掌大的黃邊胡蜂窩，一隻黃蜂飛起來警示我不要再前進了，於是我轉身想從另一頭繼續修剪未完成的部份，哪知從另一頭踏進邊坡的時候就忘了蜂窩這件事，突然，一群「蜂」起雲湧，嚇了我一跳，連連倒退，不覺已被三隻蜂胡亂叮上，也不知

會不會像連續劇演的那樣，慢慢失去知覺、然後昏倒、然後不醒人事……只好乖乖到醫院再讓醫生補上兩針，於是，那天共打了五針。

三個月內被蜜蜂螫了三次，第三次手腫得像米菇，看起來很可愛。眼瞎沒看到蜂窩，一把抓住樹枝搖晃，一群蜂飛了出來，工人大喊：姐姐、姐姐，他可能以為我死定了，還好，只是警告性質，沒有對我造成嚴重傷害。

蜜蜂到處築巢，以前設蜂箱一隻也不進去，現在是不經意就撞見了。連屋簷下都被虎頭蜂蓋了豪宅，美侖美奐，像千層巧克力牛奶蛋糕，再蓋下去，我恐怕要搬家了，只好請消防隊來滅蜂，看他們嚴謹穿著防護衣，用火攻蜂窩，虎頭蜂頓時亂竄。

他們問我是常住這兒嗎？我說是，為什麼這麼問？

因為，他們還沒來過這山區滅蜂，基本上這裡的蜂還輪不到他們來捕，有蜂人家甚至還很高興要讓牠們長大，然後就「補」了！而我居然滅了！聽他們的口氣好像有點可惜。

　　不敢想像，如果我突然怎麼了，花園的花、狗怎麼辦？誰來處理？更別提我心愛的貝殼情歸何處了！雖然人生走到低潮，但我很怕死，不想花園荒廢、不想山坡上的苗木自生自滅、不想那些流浪狗再度去流浪、不想收藏的貝殼淪落到二手店，因為不捨週遭的生命失去我，反而更在乎自己的生命。

　　有一段時間我覺得自己迷失在人群裡，回想那時的自己，空虛，沒有靈魂，游走在半空中，莫名其妙買了一堆便條紙回來，每天扮演另一個人寫一大疊問候與關愛的字條到處貼給自己看，好像你不是一個人，依然有人關心妳，有人愛著妳，寫著寫著，也不知斷在哪一天？突然沒寫了，我想是菩薩不忍我無以為靠，就靠那單薄的便條紙度日，令人不捨，索性斷了我那隻筆吧！

　　當植物被過度修剪或強剪（枝幹受到損傷），會以為自己要死了，為了求生存，它會孳生許多分蘗枝，從樹幹基部胡亂長一通，或從傷口處長出一堆不定芽，讓生命得以延續，這個階段的我有點像樹體受到嚴重傷害，但又不想死，只好自己找生存

出口，那些一張張的便條紙，如同我的分蘗枝，而樹體要茁壯，必須將分蘗枝一一剪除，讓樹形呈現，哪怕枝幹強剪受到損傷，也要用時間慢慢將樹體修復，呈現最好的樹形，最怕好好的一棵樹，落得支離破碎，看楓不是楓，看松不是松，再有價值的樹當材燒了還不知它的珍貴所在。

　　想必這是我人生必經的過程，沒有走那一段路，不會走到今天這一段路，也是時候將我的分蘗枝一一剪除，只願能將一生樹形完整呈現。

生命樂譜

第八章

——

8 位數

攝影 / 玩全台灣

第八章 8 位數

2018 年,我的經濟斷了,在這之前從沒意識到會在暮年時候面對這樣的窘境,不只是斷了經濟的問題,還要面對高額房貸和一座需款恐急的花園,我完全無計可施,在面對雜亂心情的同時,選擇沉潛,我想縮衣節食,沉潛撐個一年半載應該不是問題,這一年我徹底的放空,口袋空,心靈空,腦袋也空!

2019 是該振作面對經濟問題的時候,我只有兩個選擇:

一、賣掉土地(花園),省著點用,下半輩子不要活太久,可以安然入土。

二、找錢,成全這片土地,讓花園遍地開花。也就是打開花園的大門,對外營業,讓錢進來,讓我的生命有存在價值。

顯然,我選了第二條路,不想我的人生就此劃下休止符——等死。

　　我想，年輕時因為愛，我敢跟一個一無所有的人，義無反顧打江山 17 年，49 歲的我只剩下自己了，應該更愛自己還有什麼顧慮？更何況我需要的不再是江山，而是一座能讓我拈花微笑的花園。

　　於是，我開始賣掉手邊能變現的東西，接著每隔一段時間就解掉一張保單，哪怕只有幾萬元，也能支付花園開銷，就這樣一張一張保單解約，很慶幸過去買的人情保單，剛好在這個時候派上用場，還有點懊惱怎麼沒多買些呢？開玩笑的。

　　賣完了保單，銀行成了我的後盾，索性跟銀行貸了 8 位數，成了名符其實千萬「負」婆，徹底的花錢，也讓自己未來一年的生活無虞，免於恐慌，唯有如此，才不會亂了方寸。而我最後的籌碼就是賣掉這片土地，這是最不願意的，無論如何就是要成就花園，沒有退路、沒有停損，我作了最壞的打算，也作了最好的準備。同時期望一年後，「花舞山嵐」能養活她自己，慢慢的也能養我。

這一年，我極盡所能花錢，好像跟錢有仇似的，為了將花園整理到能對外開放的程度，舖路面、拉水電管線、咖啡館設備、再加上造林區的樹苗、灑水管線，林林總總數不完的帳單，完全不敢看「什麼是多少錢、什麼是多少錢」每張帳單都是一長串數字，帳單來了就趕快付掉，然後通通丟進一個紙箱，接著就是忘了它，心想除非賺錢的那天到來，不然付出的錢不會回來，如果不會回來，記著又有何用？此時的我，面對 8 位數的負債，甚至沒感覺，也沒把握能撐得起花園嗎？是勇氣？是置之死地而後生？還是對人生徹底絕望？我很清楚知道這是有錢人作的事，而不是一個此時什麼都沒有，甚至舉債的人能力所及，但信念讓我勇往直前，除了信念，我還能依靠什麼呢？信念一直存在這個花園裡支撐著我。

有個松科植物其針葉是松科裡最長的，故名「長葉松」，跟其它松科很大的不同在於，它的幼苗期看不出其樹形，就一根噴泉狀，因此被稱為生草階段，生草階段的長葉松非常耐火，即使燒掉了松針末端，也不會穿透松針基部而傷及頂芽，經過

春風夏雨，很快能再冒出新的松針，5–12 年是生長較緩慢時期，過了生長期就快速往上衝，最高可到 45 米，又名「大王松」。

看不出來生草階段的長葉松，可能會以為這根噴泉是雜草，經過數個春夏秋冬後，露出原形，才看懂原來是「大王松」。每個人都有可能成為大王松，只有經過時間的淬練，才能知道植物的本性是什麼？如果不是環境造就，不知道我可以撐起一座山頭，造一片屬於花舞山嵐的林子，成為一棵屬於我自己的大王松。

　　我這輩子最勇敢的兩件事就是：在 30 幾歲時嫁一個一無所有的人；然後在幾近 50 歲時獨力接下一座正在燒錢的花園。錢，從來都絆不住我勇往直前的腳步，你們的錢在銀行裡，銀行的錢在我這裡！如果時間不等我，等在銀行的錢又有什麼用？

　　「無懼不是沒有畏懼，而是善於控制。」很棒的一句話。

　　經常會被問到：「你不怕⋯⋯嗎？」不管是錢，還是環境，還是一個人，這是我經常被問到的問題。

　　當然——怕。我不怕花錢，怕沒錢花。

　　當然——不怕。夢想大於錢，也大於怕，所以不怕了。

　　又或者，我希望知道「怕」是什麼感覺？「無懼」又是什麼感覺？

＜現在＞

昨夜裡風雨大作，

狂掃。

一早白茫茫，

走進蒼穹林間，

走著走著，

走到過去 過去過不去，

走回現在 現在出不來，

未來如眼前白茫茫一片。

狂風再度橫掃，

輕嘆一聲，

何時靜止？

軛瓣蘭湊近鼻息，

一股清香衝進腦門，

現在 回來了。

生命樂譜

第九章

———

轉　變

第九章　轉變

　　我想，種樹在我人生有著很大的意義，在造林前一年，對人生充滿不確定感，孤獨感尤其嚴重，完全不敢想「人生的意義」，那種心境低沉到根本看不到自己的存在。種完樹後，就像烏雲密佈豁然開朗一樣，整個人從深淵跳出來，打從內心開懷，之前停頓的事也活絡起來了。

　　一個人開始過生活後，我幾乎封了廚房，吃飯，不再是樂趣，泡麵成了我的家常，整廚櫃泡麵，2018 年吃的泡麵數量超過我過去 48 年吃泡麵的總數，這一年吃了各式各樣泡麵，但味道都一樣，通通是和著淚水一起吞下，前半年幾乎是跟碩士論文一起用餐，邊寫邊吃，有時噙著淚，不明白為什麼人生會走到這個地步，只剩下我一個人？下半年準備將碩士論文出版了，一樣是端著泡麵和筆電，我以為這輩子只會吃泡麵了。

　　2018 年底我就想開咖啡館，想轉移自己「一個人」這件事的注意力，同時也覺得該「開源」了，但老實說，沒什麼動力，加上跟鐵工接洽，他也不理我；裝潢工班也不積極；書在 2018 年 8 月份就

送出版社，原希望當年年底就能出版上架，這一拖就是 8 個月，似乎有點久了，可這事也由不得我。

2019 年 2 月從印尼過完年回來，開始準備造林，不知不覺，泡麵悄悄離開我的生活了！又回到廚櫃裡沒有泡麵的日常，當時並沒有覺得改變了什麼，是後來回想很自然而然的轉變。這年 3 月，我啟動了造林大願，就在快將我所屬的山坡地全部種植完畢，幾乎是同時，出版社跟我說書要安排印刷了，鐵工也說要來動工了，裝潢工班也有空了，整個花園彷彿動了起來。

你們知道，這意味著什麼嗎？

宇宙在等我種樹，樹沒種下，我沒有下一步，若讓我先作了其它事，如開了咖啡館或賣書，我一定會把造林這件事擱下。

　　有一種果實叫「神祕果」如同它的名字「神祕」，它會改變味覺，將所有的食物變得甜美，就一顆紅豆大小，光澤鮮豔，僅吃外部果皮及吸吮果肉，雖然只有極少許果肉，但只要吃一個，幾分鐘後，再吃其它富含酸味的水果，如檸檬，酸溜溜的檸檬就變甜的了！如果吃甜的水果，則會更甜！經常會給食欲不振的人品嚐，以促進胃口。造林，就像神祕果，它改變了我，讓我的人生變甜了。

　　2020 年秋，「我」回來了！
　　我不再想「快樂」這件事，因為它很自然存在我的生活裏，「不快樂」也很自然存在我的生活裡，也不再想「遺憾」這件事，能，就還諸天地，不能，就留下，何嘗不是一種美？生活裡有遺憾、快樂、不快樂，不完美的生命才能造就完美的人生，不是嗎？
　　此時我想再愛都過去了，再痛也都過去了。

＜歲月＞
　　花開不知歲月遲，
　　歲月又怎知花開慢？
　　花若知我必躊躇，
　　開是不開？　　開。
　　秋來歲月本是遲，
　　花開花落不復慢。

生命樂譜

貳、大地春回

大地春回

第十章

還 地 於 林 － 上

第十章　還地於林－上

2020 有天早上很優閒坐在戶外早餐，看兩年前＜給阿蓮娜的一封信＞，不覺落淚了，兩年前的我獨自面對這座山是充滿恐懼與不安，不敢相信書中的人是自己，想必有一股巨大的力量一直牽引著我往前。

信裡提到，當我脆弱想離開這座山的時候，就走吧！無需留戀，但「種樹造林的大願，無論如何一定要完成！」可見，當時的我對這件事是心有餘而力不足，也不知造林這意念哪來的？從接手這片園區開始，就盤算著要把四甲的檳榔樹全砍除，較平坦的地勢作為蘭花盆擺放用地，其餘全面造林。這個願力一直都在，一直很強，我想宇宙接收到了，所以給了我力量與勇氣。

很快地，約一甲較為平坦的地勢整地後作為蘭花擺放區。

剩餘較為陡的面積一年拖過一年，到了 2017 年底只剩我一人面對這座山時，更不知如何是好，面對那一大片陡坡檳榔林時，心總是很糾結，感覺它就像我身上的腫瘤，讓我無能為力，更別說「造林」了，那麼陡，要怎麼爬上去種樹？覺得那超過

我能力了，完全無所適從，曾經的想法能獨自實踐嗎？總是看著那片山坡發想，我可以嗎？這年底，我有種徹底絕望的感覺。

又過了一年，2018 夏天，我研究所畢業了，有較多時間思考這座讓我不上心一段時間的花園方向，一想，三個月又過去了，檳榔樹依然佇立在山坡上隨風搖擺，一付我拿它們沒輒的樣子！眼看就要入秋，再不砍除，會錯過最佳種植時機，這之間至少還要兩次全面除草，才能徹底將雜草除根，開始地植，時間總是毫不留情的走過，而我，對抗的何止是時間，還有我的心，總是很沉，光砍除檳榔樹都做不到，還談什麼造林！

檳榔樹，更像一把箭朝我射來，看來，沒有把檳榔樹砍除，我是不會放過自己的，砍檳榔樹這件事並沒有很順利，一開始是尋之前模式，找要檳榔心的商人，請他們砍除，用檳榔心交換砍除，但失算了，之前的檳榔樹位置多屬較平坦，商人願意來收，而這次的坡度讓所有要檳榔心的商人望之卻步，太陡了！甚至請他們開價，要多少錢才願意來？還是沒人理我。回想 2017 年整地時沒一次砍

除，如今看來是個錯誤，當時旁人有意見，於是又留了大半，檳榔商當然只挑軟柿子吃，留下的全是陡坡檳榔，當時的我並不了解後果竟是如此難處理。眼看著又一年了，那時不用花錢的事，今天卻花了 5 個零請人來砍伐，但我相信這片土地將來會給我更多的零！

來砍檳榔樹的是一群上了年紀的人，推估至少都有 65 歲以上，看他們拿著電鋸在陡坡上行走，鋸檳榔樹的同時，心想，他們都能拿著電鋸到半山腰，我比他們年輕，代表爬上去種樹不是問題，對於如何在那麼陡的坡度上種樹，終於放心了，這無疑給了我一劑強心針，造林，總算有譜了。

2018 年 11 月終於和糾結三年的檳榔樹徹底「斷」了！

曾經，當地人笑我是傻子，說：「你們這些都市人，不知務農的辛苦，什麼開心農場，花錢找事作。」我想，這下，我傻子的名號何止傳遍阿里山系，恐怕要傳遍整個嘉義地區了。雖然是花一筆錢除掉最後這片檳榔林，但我的心情就像眼前景象，沒有檳榔的視野，舒暢！面對這片檳榔林我不再沉重，我想這不是錢可以買到的感覺，但若不是捨去錢財，又怎能得眼前的光景呢？

露出地貌後，是一塊貧瘠的土地，大大小小石頭多，檳榔根佔了很大部份面積，該我賦予這塊土地意義的時候了，種什麼成了朝思暮想的事，把握適地適種原則，要從崖邊開出花來，不容易啊！往往有價值的樹正因為它對環境不苛求反而造就出堅硬材質或蒼勁姿態，牛樟便是其一。常綠大喬木，樹幹及葉均具有特殊香氣，富含松油醇，能提煉牛樟油，其腐朽的大樹幹能培養牛樟芝（一種真菌）具有相當高的經濟價值，病蟲害也少，對土壤適應力強，隨遇而安，自然能順著孔隙深入地底札根，在艱困中求生存壯大樹體，成為人人皆知的名樹。

2019 年 2 月初，過年期間人還在印尼渡假，假期中就盤算著回國要馬上落實造林，絕不能再拖了！意念很強，當時請朋友幫忙再找一位工人，加上我園區原來的一位工人，兩人夠了，在負擔上勉強打得過，這時，我的經濟狀況開始出現困窘，不撙節開支不行了。

這個階段我採購了近 3 千棵樹苗，加上 1500 根竹竿，所費不貲，而我能變現的錢也幾乎到底了，更別說還有一長串的負債，但總有支撐夢想的信念，首席時尚大師卡爾拉格斐說：「為夢想，錢

從窗外丟出去,有一天會從大門走進來!」我相信,深信不疑,此時除了信念外,還有什麼能支撐我走這一段孤獨的路呢?!

很快地,2019 年 2 月下旬,開始如火如荼大量種植苗木,就像一場短跑,我給自己一個月期限,在三月底要完成近三甲的山坡造林。一來,我希望能一鼓作氣,絲毫不想給自己半刻喘息,就怕一擱攔時間又過了;二來,樹苗需要水,需趕在梅雨季,只有老天爺能幫我澆水了。

進入種樹階段,天氣一直很熱,整個三月,更像三溫暖,歷經大太陽、大雨天、濃霧天,經常是大太陽時被太陽曬得頭昏腦脹,甚至溫度飆到三十幾度;過程中不是因為拉水管澆水弄得筋疲力竭,就是在雨中工作,淋得淒慘。那時一到下大雨就害怕,工人又要休息了!尤其接連幾天都是大雨時,就會擔心無法如期完成。

或許我給了很強烈的使命——種樹!除非是下大雨,不然陰天細雨工人照常爬上爬下,穿梭在山坡上,任雨濕透全身,沾得渾身是爛泥巴,而我不論再怎麼惡劣氣候,總是和工人並肩作戰,不敢自己偷閒去!

　　每次在極端的天候下種樹，就覺得這不是人幹的工作，但我知道，如同海明威《老人與海》的故事，有時候大自然的無情是為了考驗人性脆弱的一面，而我希望能戰勝脆弱：三月底前把我所屬的山坡地全面種植完成。有時候不懂自己，就像不懂那老人，我們在堅持什麼？卻終究沒放手。

　　三月上旬，連日的雨，每天只能勉強種樹半日，半日準備前置作業，以利隔天種樹，進度顯然不如預期，為了加速工作進度，臨時又增加一人手，共三個人，可見對種樹這件事，我有多執著非得要如期完成不可，哪怕是要增加負擔，也顧不了了。偏偏，三個人手只維持了一天，原來既有的工人鬧脾氣，讓我不省心，又因家裡有事要告假離去，最終還是維持一開始就設定的兩個人，有點驚覺，工人鬧脾氣是個徵兆，臨時決定再增加一個人是無預警的，我想，宇宙早已經預知一切，為我作了安排。

　　有天天氣熱到爆表，30幾度，工人直呼熱的受不了，我也是，汗水溼到前胸貼後背，從正中午就曝露在太陽下，只為全程緊盯在杜鵑花區種植櫻花，每棵樹的位置都是精心設想，希望日後能坐在這區塊野餐，想像有櫻花落下、有杜鵑花香，

應該會很美吧！傻子如我，為了夢想，忍受著狼狽的自己。

在整個種樹的過程中，最辛苦的不是在大太陽下，也不是在雨天裡，而是拎著土球的樹苗爬上山坡種植，有的土球大，很重，而山坡很陡，爬得很吃力，工人吃不消，為能順利種植，幾經考量，有些植物只好從土裡挖出，裸根帶上山坡種植，這對植物的存活是冒險，卻也不得不，回想起來，當時因為知識不足，太草率了！植物移植況且要帶土球以保護吸收根，我卻這麼輕易的將它從土裡拉出；加上石頭多土少，要鑿一個土坑並不容易，工人經常是使勁地邊掘土邊勞騷著，土鑔斷了好幾把，每把土鑔的銳角也都變形，全向內坳折。

進入倒數 350 棵樹種植時，心想月底要完成約 3 甲山坡地造林面積是有可能，甚至提前，3000 棵樹苗加上 1500 根竹竿（竹竿最大的用意倒不是為了固定樹苗，而是要辨識樹苗位置，可想而知，雜草一定長得比樹苗快，當雜草的高度高於樹苗時，若沒有位置辨識，肯定會將樹苗給除掉），終於如願在三月底前實現了對這片土地的承諾。近百年的檳榔林終於還地於林了。

那年三月是我畢生難忘的月份，現在想來，那時的意志力是不可思議的，自認為這是生命歷程中相當重要的一段，常常覺得那個階段的我不是我，也許是願力的啟動會有來自於超乎自覺的能力吧！

自從搬來這裡，有個老人對我的作為經常大呼小叫，我把自己的花園作了門，也被他大呼，說這樣圍起來他騎機車進出很麻煩，每次看到他來，我就要躲起來，後來，我將檳榔樹全砍除，他特地來找我咆哮，聲音之大，完全不像 80 幾歲的老人，說我越界了知不知道？可笑的是，他並沒有地與我緊鄰，他手比的那遠方交界是國有林班地呀！

一天正當我在澆水時，他突然出現，一大坨水管就擋在他機車要進來前，心裡已經準備好要接受他聲如洪鐘的叫囂，沒想到這次他沒有藉故找我麻煩，反而笑臉以對，心想，見鬼了！和言悅色對著我說：「種樹，澆水啊！」我想「種樹」這件事，是值得肯定的，間接也肯定我吧！從此，再沒看過他了，儼然是鄉野故事中都會出現考驗主角的神祕人物。

　　看著一株一株樹苗漸漸覆滿山坡地時，雖心滿意足，同時內心卻也煎熬著，這些剛地植的樹苗經不起三天無水，只能埋頭拉起水管，再度發揮我「老人與海」的精神，與大自然搏鬥，為種下的樹一一澆水，經常拉水管讓我的手臂幾乎要脫臼，而我總是在澆水的時候意念著：「下雨吧！下雨吧！水管無法走遍這個山頭，老天爺幫幫忙吧！」除了靠自己，也只能靠天了，不要小看意念，好幾次都是在澆水時真的下雨了！

　　為了澆灌樹苗，幾經衡量，決定裝灑水管線，明知這樣很花錢，但我買的樹苗太小，撐不過 5 天沒水，更別說旱季時，一個月只下一兩天雨，樹苗經不起乾旱，屆時賠了樹苗的錢和種植工錢，就枉費我還地於林的大願了，錢，再找找吧！笑自己傻，沒有人這樣造林的，園區水管的總長度幾乎可以拉到阿里山了。

第十一章

還地於林－下

第十一章　還地於林－下

　　坐在山坡上看著種下的一片樹苗，知道嗎？這就是夢想迷人的地方！終於我知道－原來我可以！宇宙箴言：「當你真心渴望一件事，整個宇宙都會聯合起來幫你完成。」我想我的願力宇宙接收到了，所以幫襯著我，我感受到了。

　　回頭看第一本書第一章＜種樹＞，寫的是在較緩坡種植的情形，那時覺得很辛苦，現在再回頭看這篇，就像時間洗去了塵埃，輕而易舉。

　　42 歲之前，我不懂得種樹是什麼，從沒在大地上種過一棵樹，只會種種小盆栽，42 歲開始接觸大地，跟著外子種下人生第一棵樹，48 歲站上山坡種下上千樹苗，才真正懂得了「種樹」，若沒有當年他的帶領，今天不會走進山林，哪怕後來我們走上分歧，關於「種樹」這件事，心中還是充滿感謝，誰會知道「還地於林」竟成了我 50 歲時期許自己的生命意義，雖然是一件孤獨寂寞的事，但不能為地球貢獻人類，至少為地球貢獻了 5 千棵樹，一樣是生命的繁衍，藉此將缺憾還諸天地。

大自然是一帖良藥，若不是走進山林，在分歧時我心中可能會有恨，恨為什麼把我一個人丟在這裡？恨為什麼把這裡丟給我一個人？但每每獨自站在這片土地上時，只有平靜與愛，我想有一種初心是回歸大自然時會浮現的，還有回饋大自然，像種樹，若不是走進山林，不會發大願造林，在此同時，大自然亦給了我最大的勇氣與力量支撐，相信是大自然的賦與，生命才能如此自在。

還地於林後，才意識到，有 5 千棵樹（苗）要管理，絕不是種下去就好，要讓樹苗長大才是種樹的目地，覺得應該具備基本能力為所種的樹負責，所以，我是種樹後，才學著懂樹，稍懂樹後才覺得自己憨膽，一個不懂樹的人居然敢發大願造林，跟 2012 年接下花園一樣，完全不懂花，卻天真買下 2 萬盆虎頭蘭，無知讓我有了學習動機，於是接著報名 80 小時樹藝研習課程，讓自己遠離無知。連續 7 週，週五晚從嘉義回台中，週六早 4：30 起床坐高鐵上台北、週日晚 10 點回到台中、週一早再回嘉義，更像在上一場體能訓練課程，也開始閱讀相關書籍。如同《禮記》所言……人不學，不知道……學然後知不足……。

　　求知若渴如樹的根系，樹的根系就像章魚觸角，靈活深入地表孔隙，千絲萬縷的吸收根往有水地方延伸，鑽過重重疊疊障礙只為尋找水源，茁壯自己，愈大的樹，所需水份愈多，根系觸角愈廣，樹冠幅有多大，根系就有多寬廣，有些甚至超過樹冠幅，唯有牢牢抓住大地土壤，才能承載自體重量，札根愈多愈能感就自己往上成長。想像 3 千棵樹的根系在地底下各自行走，形成錯綜複雜的網路，是肉眼看不到的天羅地網，那種強壯力量蓄積是對自我生存的肯定，我將同這些根系融入這片土地，將知識觸角不斷延伸，俾便能與樹木一起成長。

　　一有機會就去上樹木相關研習課程，每上一次課，就越覺得自己對樹木知識淺薄，身兼千樹使命，若沒有相對能力無法承載眾樹所託，只有精進自己才能成就這片山林，也不辜負樹木給了我後半人生的意義。

　　我相信，現在種下的每一棵樹，都是為了 200 年後的回首，我依然站在這裡環顧這片山林，那時已綠意滿園，樹高參天了。為了再回來這片山林，我寫下「乘願」的誓言。

＜乘願＞
我願乘願再來，
只為那——
虛空有盡，我願無窮。
只為那——
娑婆世界寫下美麗的註解。
只為那——
空谷花舞山嵐乘願而來。

　　不用理花的日子，最大的樂趣就是在園區看樹，尤其看我喜歡的樹，工人看我站在樹前好久好久，問：「姐姐，樹怎麼了？」很難回答他樹怎麼了！他怎麼能明白姐姐對樹的愛戀呢？我甚至不知道自己是什麼時候愛上樹的，愛上樹是一種很奇妙的感覺，就像欣賞金城武一樣，怎麼看怎麼舒服。

　　我還有一個願景：「待樹成林後，希望能達成『森林療癒』目標！」樹還小，代表還有時間學習，樹林給了我希望，在不久將來。於是生活又有了活力，學習樹木相關知識儼然成了日常唯一樂趣，興高彩烈想報名森林療癒嚮導員課程，陰錯陽差卻變成被療癒的對象，主辦單位是台大實驗林在溪頭辦的森林療癒體驗，我找了花舞姐妹團成員一起去接受「療癒」，出發沒多久就下起了雨，標準的森林「浴」，去程兩小時上坡台階步道加上天候不佳，每個人愈走臉色愈難看，腳步愈沉重，雙腳幾乎要廢了，到了天文台是午餐時間，終於可以休息，此時又溼又餓，八個人全脫掉溼襪子，一臉狠狽，打赤腳排排坐，窩在小木屋圍著暖爐吃便當，很滿足的當下，我想這是精神療癒；回程雖是林道，好走

多了，但路途長，又是兩個小時步行，這下，可以肯定的是大家的腿都廢了。

　　有趣的是，一天下來，每個人有了 4 張成績單，數據標示著自己體能狀況與體內年齡，從行走在大自然開始，不同時間給予我們不同成績單，藉以驗證「森林」是一帖良藥，真開心我的體內年齡只有 34 歲！

　　我其實是森林受惠者，這幾年長住山上收穫很多，體能佳、健康好、心情好、睡眠好、皮膚好、安於平淡、飲食隨意、習於寧靜、學會獨處、情緒波動少，尤其在人生低潮期，很快能逆流而上，堅定志向是自己都覺得不可思議的一個過程，相信是大自然的力量，生命才會如此堅定。

大地春回

第十二章

生 命 的 旋 律

第十二章　生命的旋律

　　生命的旋律竟是在生命最感暗淡，失去意義的時候，驟然迴旋彈奏出美妙樂章，而有了新的生命律動。

　　若不是年近半百孤獨的走進花園，我不會思考「生命的意義」。

　　一直記得 18 歲時媽媽送的成年禮：金手鍊。在 35 歲與外子創業的時候，我沒多加考慮就自己決定賣了它，如果能成就一個男人進而成就一個家，那麼是值得的，後來人生走到分岐點，難免覺得不值，經過兩年的沉澱後，當我思考生命意義的同時，想到了這條手鍊，這條手鍊如果一直放在抽屜裡，它就一直是我 18 歲生日禮物，但在我人生某一個起跑點，它助了我們一臂之力，這條手鍊之於我從此有了不同意義，它失去卻始終存在，就算我有能力再買回相似的手鍊，也無法取代媽媽給與它的存在價值以及我後來又賦與它在我生命中的意義，在多年後，想通了，價值存在於「意義」，終於，我放下對這條金手鍊及對過去的執念了。

　　50 歲的我思考後半生人生價值，就這樣一個人默默走完剩餘歲月嗎？用孤獨伴餘生嗎？一無所有的我難道不能活得有價值嗎？難道 50 歲就不需要成就感嗎？難道中年只能守著僅有過活嗎？如果吃喝玩樂不是我的人生，那麼我想賦與自己後半人生意義，甚至連同下輩子的意義都賦與。

　　一無所有的我，至少還有一塊地！人生走到這裡，可見得的是過去的努力，留給現在的就是這塊土地，而土地就是土地，此時，土地和我劃上等號，如果我沒有賦與它意義，那麼它終究是一塊土地，如同我就是我，一無所有的我，而我將同這片土地一樣，荒瘠，過著沒有意義的人生，我不要！

　　此時，所面臨的是一塊滿是檳榔樹的土地和身無分文的我，當前需要的就是創造與改變現況，前題是我們 (我和土地) 都需要放手一搏，在貧瘠的土地上栽種有價值的植物、身無分文的我敢勇於舉債，就是要讓它從岩壁開出花來，於我、於這片土地都要有新的人生，讓生命重啟。

　　這原來是一片數十年的老檳榔園，佔地四甲，接手後，慢慢的，經過七年，才逐漸將檳榔樹砍除，露出地貌後，看清這是一片充滿石礫，早已沒有土層的地表，說穿了就是「貧瘠」兩個字，這樣的地要種樹等於是考驗樹的生命力，也考驗我的智慧了。

　　慢慢的將樹苗一棵一棵一塊種下，是我賦與這塊土地的生命意義，經常在林區走動，知道種樹容易，要長成並不容易，成長過程會經過許許多多的波折，多少次看著樹苗死去而嘆息，這不容易卻成了大地賦與我的人生意義——讓樹成林。我想，我的人生在哪，我的人就應該在哪兒，留在這片土地是我內心的歸依。

　　不想老的時候，回頭看這一生，一無所有！至少，可以很驕傲的說：「看，這個『花舞山嵐』是陳似蓮一手打造的莊園；這一片樹林是陳似蓮當年一手從苗種起的。」當我的骨灰回歸這片土地的時候，我知道，我沒有白走這一遭。這是一首美麗動人的人生旋律啊！

　　一直很喜歡小葉欖仁，傘形的樹形，層次分明，春夏是它最美時候，葉子茂密，就像一把大洋傘，無限延伸它的手臂，為許多人遮蔭，冬天人們不再躲太陽，它開始落葉了，彷彿知道自己的使命，沒有葉子陪襯，枝幹乾淨俐落，依然美麗，落葉後隔年生長又更上一層樓，或許如此，時而可見被截頂的小葉欖仁路樹，被截頂後的小葉欖仁會失去它的樹形，從此美麗的傘形不再，但樹怎麼會覺得自己不再美麗？受傷後反而更努力往上，對樹來說，生命永續永遠大於美觀，動人的生命旋律不在於外觀的美，而在於堅韌的生命力，努力往上成長是唯一旋律。

＜記憶＞
曾經來過？
是的。
或許不復記憶，
但此刻你佇足，
不自覺環顧四週，
是的，來過！
是前世？是今生？
記憶是恆河……

參、自然之美

自然之美

第十三章

藍圖實現

第十三章　藍圖實現

　　每隔一段時間總有人空拍農莊影片，而我總是百看不膩，應該沒有一個人能跟我一樣，看了又看，看了無數次，依然覺得畫面美麗——隱身在群山環繞中的一座小花園，是我用歲月開墾，回首盡是青春，內心因而感動。

　　有朝一日，再空拍這裡將會是一片小森林。

　　「花舞山嵐」佔地約四甲，其中三甲左右是造林區，約一甲是「福都來（虎頭蘭）花園」。花園部份中，約 1.5 分作為「星知心休閒區」；13 坪是「8536 咖啡餐館」。園區雖大，但用於商業用途只鳳毛麟角之地，是為維持花園的基本營運，仍秉持將自然回歸大自然的理念。

　　農莊高度海拔 900 米，位於嘉 130 鄉道 4.3 公里處，為一山谷地型，可遠眺嘉義市區及大湖尖山，無遮蔽視野。東邊有山屏蔽，能見到晨曦，西邊是山谷，能見落日西沉，入夜時，華燈初上，偶有隨之而來的銀河，能跟著寂靜沉澱一天的心靈；中海拔的特色就是四季分明，花園植物上百種，依不同時序呈現不同色彩是她的美。

在第一本書裡寫到：「我期待有一個小咖啡館座落在山坡上，生意不要太好，不然我會手忙腳亂，無法停下手邊的工作欣賞山景。我想：在下雨時候，可以坐在窗邊看雨滴從屋簷滑落；山嵐起的時候，可以坐在戶外看雲霧流動；出大太陽的時候，可以坐在窗邊享受冰咖啡所帶來的沁涼；落日時候，可以坐在露台看夕陽餘輝，品嚐溫潤的熱奶茶，在美好中結束一天。」

2019 年 8 月我實現了咖啡館的藍圖並對外開放，這年 8 月是農曆 7 月，我不是不知道，山區又是農曆 7 月，想當然耳生意不會很好，不正符合我要的嗎？！也符合了我要的「小咖啡館」，真的很小，只有 13 坪。

　　2018 面對一座還稱不上花園的花園，卻想對外開放，很無力，滿地的泥濘，什麼空間都沒有，「咖啡館」要坐落在哪一個平台？要蓋成什麼樣子？要多大？除了咖啡館呢？還可以作什麼？雖然，我只想要一個咖啡館啊！但肯定剛開始營收一定不好，卻有貸款要還，有工人要養，有現實的考量，妥協吧！

　　結束了「還地於林」的工作後，開始投入花園藍圖的建構，一塊一塊像拼圖似的慢慢拼上。

8536 咖啡餐館

原先選了一塊最方正的平台作為搭建咖啡館預定地，但遲遲動不了工 (寫在第九章『轉變』篇章裡)，在等待的日子裡，突然一個念頭閃過，何必重新搭建？就原有的貨櫃屋吧！幾年前搬來這裡時，不就是想把貨櫃屋當咖啡館的嗎？這樣一來，又能省下很多錢，等賺錢了，再搭建稱頭一點的咖啡館，現在先將就點，以後再講究吧！原來，動不了工，事出必有因，時機還沒成熟。

於是，將原本住的貨櫃變成咖啡館，改加蓋二樓的鐵皮屋，我搬上去住。這說來又是一玄，原本二樓貨櫃屋一直覺得擺放位置不對，先經過房間再到露台，動線怪怪的，但當初也是我決定的，之後一直不滿意這樣的放法，曾請鐵工將樓梯的位子移動，讓一上樓就是露台而不是房子，鐵工認為不必多此一舉而拒絕了，沒想到最後竟成了搭鐵皮屋最佳位置，視野還是最好的一間房，而且是我的房間。

咖啡館室內只有兩張桌子，連廚房在內只有 13 坪，相較於園區 4 甲，真的很小，但如果把它想成

整個戶外都是咖啡館，那麼，這個咖啡館又很大了，希望客人都能坐到戶外享受大自然恩賜，是這個咖啡館的特色。

2018 年剩我一個人吃飯了，於是封了廚房，幾乎不再烹飪，就算刻意烹煮，作出來的餐點也不好吃，甚至是難吃，將近一年半煮不出像樣的食物，想必是心中失去愛所導致，是「8536 咖啡餐館」讓我重拾料理樂趣，心中想著要為客人作出好吃的餐點，有了愛與動力，生活也因此慢慢地回到軌道上。雖然餐館暫時還不能獲利，但把我從「過去」拉出來，對我而言就是最大的收益了。

至於為什麼是「8536」咖啡餐館呢？純粹是「花舞山嵐」數字諧音。

花舞廣場

　　咖啡館前的廣場命名為「花舞廣場」，一到下雨，整個地面就一片泥濘、積水，有時還來不及乾，就又下雨了，進出著實困擾，這麼一大片，不想辦法處理，下雨時要進咖啡館恐怕要划獨木舟了，只好床底下再掃掃銅板，買了一車碎石鋪面。

　　司機倒完砂石，沒看到機具，問要如何將這些碎石鋪平？我回答：「人力。」司機苦笑了一下，比個大拇指，說：「加油！」

　　工人全叫來，對外開放倒數前兩個月總共找來 4 位工人，一看到這堆像山的碎石，不約而同「哇！」然後全笑了出來。這種事大概只有我幹得出來吧！

　　幹活吧！做完這一個花園工程，我如果失業，應該可以去應徵工頭了。

　　鋪上碎石後，整個廣場煥然一新，與之前泥濘不堪的景象截然不同，太值得了。

星知心休閒區

將休閒區取名「星知心」，因為星星很多，仰望天際經常就是一片星海，此時只有星星知道我的心在想什麼。

一開始夢想只要一間咖啡餐館就好，沒想到後來多了休閒區，這是始料未及的，因為我不露營，也怕吵，光想到一群人在戶外走來走去、煮東西、餐風露宿，就睡不著了；至於露營房，以前曾經營5年日租套房，一次被客人傷了心，就不再經營了，也沒想過會再重操舊業。人算不如天算，在籌備過程中竟一一加入這兩項，因為過去經驗的累積，很快就上手了，也多虧休閒區的加入，在營收上確實有了實質助益。

為了休閒區，在園區內立了四根電線桿，作照明用，其實很掙扎，當年整地時，費了一番功夫「請走」的十幾根電線桿，現在為了對外開放，又「請回」4根作為路燈，其實，有4、5年，園區是沒有路燈的。

　　「星知心休閒區」相信是全台唯一結合虎頭蘭的花園營地，除了全視野山景，還有美麗的蘭花相伴左右，以及咖啡香飄散在空氣中，如果想輕鬆露營也未嘗不可，有「8536 咖啡餐館」為您料理三餐及點心。

　　休閒區共分為五塊平台，依各區所種植的樹命名，階梯地形由上而下依次為：絲柏區、藍柏區、油杉區、春梅區、秋楓區、杜松區。喜愛植物的您，畢生一定要來一趟。

始料未及

　　人生始料未及的事很多，就像這間衛廁，在興建的過程中一直不順，突然，一所移動式衛浴就冒出來了，好像所有的拖延就是在等它到來似的。

　　衛浴是所有建設中最難搞定的項目，拖最久，心想就十間衛浴，也不求豪華，自己找工人來蓋就好了，能省則省。買了一堆水泥、沙子、磚塊、門，也找來工人，一應俱全，以為很簡單，上網看怎麼砌磚，然後教工人，挨著貨櫃後面在邊牆開始砌隔間，雖然砌的歪七扭八，至少是穩固的，接著三天兩頭下雨，叫來的水泥硬化了好幾包，沙子也被雨水沖掉了不少，磚牆已經砌一米高了，雛形出來了，但我後悔了，醜不打緊，空間太小、位子不好、門的方向不對，一整個就是「錯！」我想放大隔局，也想美觀些，於是打掉磚牆，花了不少冤枉錢，接著把貨櫃拖走，原貨櫃位置改為衛浴間，空間出來了，找人來估價，不便宜，我著實猶豫，又想，不然作五間好了，省點，思前顧後，一直搞不定衛浴，三個月了，突然在一個早上接到一通電話，對方說他有一組流動廁所，共計八間衛浴，便宜賣，問我要不要？而且就在這附近，始料未及啊！掛斷電話後隨即去現場看，就是它了！

　　電話中約吊車來的時間，轉頭同學說：「妳確定是叫『吊車』而不是叫『計程車？』」

　　「怎了？」

　　「我們的生活只會打電話叫計程車。」

　　哈！曾幾何時我的生活變得「不單純」了！

　　又是工程浩大的拖吊，一開始差點放棄，幸好過程中諸多善因緣相助，一關一關迎刃而解。

　　第一天，吊車人員希望衛浴拆解再運，我以為無力回天，幾乎答應了，經賣方遊說，降到最低限度，截腳，也就是吊車能載運的高度，正中午的，只能把午睡中的水電工挖起來去現場幫忙；第二天，需要鐵工了，急電鐵工老闆來現場相助，老闆立馬調工人來，當然所費不貲囉！誰叫情勢比人強。

　　回到花園，年長司機覺得我要擺放的位置不好作業，要我改位置，我面有難色，又幾乎要妥協了，僵了一會，年輕司機說：「我來試試吧！」就這樣，又一番折騰，在眾人協助下終於就定位。

　　謝天謝地謝大家，多虧一路上這麼多人幫忙，終於將衛浴搞定了！

　　然後，將廁所漆成彩紅，這一區突然就變亮了，當然「屎尿衛集」非這區莫屬了！

櫻花路、杜鵑環路

　　櫻花路是園區的主要道路，因為兩側種滿了櫻花樹而命名，看著園區內櫻花路的櫻花從小苗茁壯至今，好幾棵樹傷口已逐漸在修復，都是在建園時，吊車、貨車、卡車等進出時碰撞所造成的，樹的傷口不像人或動物，傷了皮肉組織會原處再生，樹的傷口處本身不會再生，而是需要週圍的組織慢慢將它包覆，愈大的傷口需要愈久的時間修復，有些傷口畸形或過深是無法被包融，久了形成樹洞，是不是跟人的心很像？心受傷了不會自己癒合，而是需要週圍人給予愛慢慢將傷口修補。有些樹的傷口很大，就覺得它們跟我走到今天也不容易，累累的傷痕，這些年來也快密合了。

　　杜鵑環路是次要道路，環繞千棵杜鵑而命名，杜鵑區有兩層，第一層較小，第二層面積較寬敞，有一條步道貫杜鵑二區，於是在杜鵑花叢中種上數十櫻花，期待能坐在櫻花樹下看山嵐起落，同時品味自家香醇咖啡。

　　2018 年以前，這兩條都還是泥濘道路，在第一本書〈脫困計〉中寫的就是因為雨後泥濘不堪，導致許多車輛打滑出不了大門的窘境。路沒有改善，一到下雨天根本無法進出，更別說要將大門打開迎客了。2018 年 3 月，先完成一半道路舖設，一直到 2019 年 2 月才將剩餘的路面舖設完成，道路完成後，終於覺得門面像個樣子了。

福都來花園

　　花舞山嵐農莊的緣起是虎頭蘭（在《花舞山
嵐 農莊－阿蓮娜的心靈花園》一書中有詳盡記載）
福都來是虎頭蘭的諧音，虎頭蘭是農莊主要產出花
卉，其花朵碩大厚實，花型渾圓大器莊重，一株虎
頭蘭一年只成長一枝花，可以長達一米以上，一枝
花莖多則有 30 幾朵花苞，有份量地位象徵，因此
值得用一年等待，其切花鑑賞期長達一個月值得細
細品味，若是盆花則更久了，而盛產期正好遇上過
年，其諧音「福都來」可說是年節饋贈師尊長者的
最佳首選禮。

　　福都來花園在全園有四區，秋冬是虎頭蘭盛開
期，也是雲海最多的季節，經常相互輝映，形成了
美麗景象。

生生不息

生生不息面對的是一個山谷，經常是雲海湧進的地方，可遠眺嘉義市夜景、美麗的日落，還有海平面，亦可飽覽層層山巒，感受得到氣的流動，故名生生不息。在這裡放置了許多石桌椅，供遊客歇腳，是品茗喝咖啡徜徉心靈的絕佳位置，緊鄰福都來花園二區，一起身便能走進一片蘭花中，在花季時。

此處也是通往櫻花區花舞路的入口。

造林區

造林區是花舞山嵐農莊的心藏，也是我人生的驕傲，它蘊育著三千棵樹生命，還有棲息在這裡的生靈萬物，農莊將因為它而永續存在，成林後，含氧量會是這片土地的肺，我也因為要守護這片林，而有了生命意義。

造林區被休閒區隔開分成左右兩翼，右翼規劃林間步道有三條，分別為「山嵐一路」，全長 500 公尺，由高而低，呈半弧形，從絲柏區進入，沿途可以呼吸到落羽松、澳洲茶樹、珍柏、龍柏帶來的混合芬多精，途中會經過一小池泉水，適逢雨季時，觸摸山泉水感受身處自然的溫度，傾聽水流樂曲跟著鬆懈情緒，出口接到杜鵑環路，可以接著走「山嵐二路」。

山嵐二路全長 150 公尺，平緩好走，為牛樟種植區，林相較為單一，隨手能觸摸植物，嗅到樟樹獨有氣息，盡頭是一片檳榔林，在檳榔花季時，空氣中散發出甜甜香氣，森深呼吸後走回頭路，再接杜鵑環路，到「山嵐三路」。

　　山嵐三路全長 300 公尺，由高而低，呈半弧形，腹地最為寬廣，林相多樣貌，有肖楠、沉香、白千層、櫸木、五葉松等，生態相對豐富，視覺也相對開闊。

　　左翼僅一條「花舞路」200 公尺，由高而低，呈之字形，是一片櫻花林，走到盡頭是一個平台，可以環顧雜樹林。每一個步道都不長，希望您能放慢腳步，走走停停，傾聽森林樂章，用我們最基本的五感（視覺、聽覺、嗅覺、味覺和觸覺）感受大自然要給予我們的比想像中還多。

　　別急著離開。杜鵑環路圍繞的杜鵑二區，裡面有數十櫻花，並且有一條貫穿此區的步道，在森林浴後走進杜鵑區，在櫻花樹下赤腳或坐或臥，或至生生不息區，不同的視野，同樣享受山泉水沖一壺林間摘下的樹葉，帶來的溫潤，靜心冥想片刻後，與伙伴們互動、交流心得，為一天的森林美好寫下回憶。

　　園區共有四條步道，有些步道的起迄並不便利，甚至令人望之卻步，猶記得 2019 年我請工人砌步道，後來回想那時是強人所難了，想當然耳工人辦不到，但我沒有放棄過對步道的渴念，步道一

直在我的腦海裡，當務之急那裡需要階梯、哪裡需要步道，就在一次阿里山國家風景區管理處處長來訪時，我將理念說出，時間不覺已過半年，突然給了我好消息，步道終於從我的意念中生出來了，雖然只是一小段園區連貫步道，但對農莊卻是極具肯定意義，這些步道見証了我的願力！一直都相信，願力的啟動會有來自於超乎自覺的能力。

造林區成林後會是我下一個夢想，當它成林時（預計五年），希望能帶領更多人走進森林療癒，感受大自然帶給人們無私的寶藏。

在此特別感謝—時任阿里山國家風景區管理處馬惠達處長，深入山區，走訪店家，對在地觀光不遺餘力。馬處長一行人來訪當日，晴空萬里，於是帶著大夥走一圈花園，行進中依地勢闡述我對花園未來的期許—「私有林有朝一日也能作為森林療癒基地。」感謝馬處長支持小妹的理念而給予相當大協助，猶如阿里山特有植物「十大功勞」之名，花園單靠我一人不足以成就，感謝許多功勞者助我一臂之力。

更多造林區故事寫在第十章＜還地於林＞。

第十四章

頑強的一朵花

第十四章 頑強的一朵花

有一把虎頭蘭十幾朵花，一朵一朵慢慢退去，剩一朵時，為期已超過一個月了，我將她移到窗台上，就這麼放著，也沒有插水，任她風吹日曬雨淋，一周後，我看她還滿健康的，舌頭 (唇瓣) 沒有黃、鼻子 (柱頭) 還很白、花瓣也堅挺，顏色依然美麗，好像時間的風霜沒有在她臉龐佇足過，那個身體 (莖) 已經乾枯了，還是硬朗，別說客人懷疑她是乾燥花，連我都忍不住要以為她是假的，這是大自然的賦與，美麗動人頑強的一朵花。

認識十載有餘的妹子看著我一路走來，從一片檳榔林開墾到一座花園，投入的精力、時間、金錢遠遠超過能力，哪怕幾乎走到人生絕境也沒有放棄，有次聊天時，她用「美麗動人頑強的一朵花」這句話形容我，我馬上聯想到這枝花。

蘭花給人的印象就是高雅，一種在溫室栽種的驕貴植物，溫室可以減少病蟲害、減少直射光害，讓花朵呈現最完美的一面，但花舞山嵐的虎頭蘭花不在溫室而在大自然裡，任由風吹日曬雨淋，非常粗放，完全顛覆「溫室裡的蘭花」這句話，這些虎頭蘭被環境馴化，改變了她們的生長條件，十幾年

過去，依然健壯，顏色或許變了、病蟲害免不了，但相對的，日照充足下比溫室裡花朵的筋骨（莖）相對粗壯厚實，花或許不那麼完美，但卻持久許多。

當植物生命超過預期時，會讚嘆大自然的奧妙，當人生命超過潛能時就變得頑強了，其實不太敢回頭看過去這三年，甚至過去八年，太苦了！恐怕是大自然的神奇魔力，不然，無法思考自己是怎麼走過來的，好像那個人不是我，又好像一直在夢境中。

當客人看到山坡上一片雜草，為我感到困擾時，我發現，我看到的已經不再是雜草了，而是那些樹苗，以前，我眼中只有雜草，雜草儼然成了花園中唯一讓我專注的植物，在第一本書中，有一章特地寫「與雜草共修」，心境上無非就是磨練，漸漸地，看到了花園真正的美。我想，這一兩年來，心境轉變很大，我看到的不再是阻礙而是希望。

＜美麗靈魂＞

美麗靈魂

跳躍在雷鳴深谷中

那是天地鼓舞她而來的節奏，

漫步在山嵐淨美中

感受天地給予她堅韌生命力。

是啟動生命願力時刻

璞真 感性 多情

飄落下來飄落下來

與天地共舞

啟動那動人生命願力。

　　這枝頑強的花，有一天突然覺得活得好累，從只剩下她這朵花開始，一直很努力的活著，為夢想、為生活，幾乎忘了「累」是什麼，不斷朝目標前進，一刻都沒有鬆懈，用堅強的意志力撐起每一個缺口，用盡全身的力量堵住洪水，終於，她有了「累」的感覺，她鬆了口氣，然後沉沉地睡去，是大自然的安排，讓花兒回到人類的記憶，或許她可以重返人間了，就是現在，每天打扮花枝招展，去過都市叢林的生活，不用再風吹日曬雨淋，享受真正的溫室。頑強的一朵花醒來依舊頑強，她選擇封印人類記憶，繼續迎風搖曳，在真正的叢林裡。

自然之美

第十五章

山 居 生 活

第十五章　山居生活

沒住過山上，
別說你懂山上的美；
沒看過雲瀑，
別說你打山裡來；
雲瀑川流而下，
又何嘗是住山裡能常見？

改明兒個
腋下挾張小凳子，
頭上頂毛帽，
脖兒圍個圈，
窩裏藏壺酒，
就堵雲瀑去～

　　過了九年的山居生活，依然愛山居生活，經常看雲海還是不膩，早上固定的《金剛經》配咖啡也不膩，花舞廣場的步道天天走來走去，大湖尖山就在身旁，怎麼看怎麼美麗，要說變化，其實不大，山永遠在那裡，雲海也一直在同樣的位子，樹就是一年大過一年，總也是老樣子，就連我，好像也沒變似的，九年要說如一年也成，寫了 3 千個日子的山居生活，也只能挑出幾篇較為有趣的，但其實都很平凡，可見生活如此一般。

　　花園裡有「愛情花」，學名「百子蓮」，初夏的花，白色端莊、紫色夢幻，花莖可以長達一公尺以上，為聚繖花序，有近百朵的小花在花莖頂端，一小朵一小朵接續盛開，最後盈滿了，就像熱戀一樣，最是璀璨美麗。長得其實有像點燃的仙女棒，會令人產生幸福感的花，讓我想起小時候，一群小孩子手上拿著仙女棒的那一刻，就像自己真的是仙女一樣，隨手劃圈圈，到處點點，每個人臉上綻放著煙火般燦爛笑容，嘻笑聲中滿是快樂的幸福，長大後，不玩仙女棒了，擁有了愛情花，但沒有了幸福笑聲。愛情花看似脆弱卻是堅毅，一小朵一小朵盛開，再一小朵一小朵凋謝，看盡花開花落，仍然勇敢面對每一天。

2019.03.16

　　已經很久不知道什麼叫做驚喜了，如果從生日蛋糕裡面跳出一個猛男，我認為那是驚嚇，如果半夜帶宵夜來給我吃那叫驚恐。

　　早上打開車門那一刻，簡直不敢相信眼前所見，車子變乾淨了！平常我的休旅車就像貨車，總是樹葉、泥巴、一堆雜物，我也不整理了，隨它去吧！

　　昨天，大家明明一起下工的，今天早上我只慢了一個小時上工，從來都沒有工人偷偷幫我清理車子，這就是驚喜！

2019.07.18

　　最近給自己一個新的頭銜—守樹人。

　　因為想看著樹長大，所以想一直守護在這裡。

　　有人問我，為何不種些短期經濟作物？可以增加收入，我種這些樹，別說十年，一輩子都吃不到！如果我是為自己種樹，只需一棵就夠乘涼了，我沒有小孩，所以也不是為了傳承。只是誠如我的格言「人生就是朝一件長遠且有意義的目標邁進，過程中也許會遇到困難、挫折、嘆息，但那是必然的，不完美的生命，反而造就完美的人生。」

如果，如果您支持我為地球種樹，那麼，請來讓我為您煮杯咖啡，聽我說說從一片檳榔林到一座花園的故事；也讓你的夢想起飛，讓你的意念跟隨。

2019.07.30

我一直很喜歡夏天，因為可以享受避暑的樂趣，但今年的夏天在忙碌中過了大半而不自覺。

今天一整個熱到爆，工人紛紛打赤膊，水電老闆教自己的兒子，越教火越大，突然冒出：「那麼笨去當老闆娘（就是我）的工人好了。」

嗯～很好，原來我的工人都很笨！我聽到了馬上回：「我才不要接收咧！」哼，工人笨，我可不笨嘿！

2019.08.15

有人問我：「有人跟你一起規劃農莊的這一切嗎？」我直覺的說：「有，老天爺啊！」聽的人不可置信，連自己都覺得好笑。

到收容中心探訪好友，就像電影情節，見到彼此的那一刻，一手摀著臉，四目汩汩掉下眼淚，一手拿起話筒。會面 20 分鐘後起身，彼此的手貼在

玻璃上，禁錮的人眼淚再度潰堤，分別，從來都不是一件容易的事，被禁錮的心更是不容易的煎熬。

2019.09.01

不同的客人有不同的互動，昨天的客人，我一人發一本書，就園區的發展作簡單介紹，當我說：「翻到第 50 頁」、「翻到 105 頁」、「翻到⋯⋯」自己都想笑，好像在上課哦！

而今天是一群大自然愛好者，這是第一次一起湧進這麼多人，雖然多了幫手，但仍然手忙腳亂，還好，好客來，沒有催促，讓我們這群娘子軍得以從容上完餐點。

昨天、今天的客人不約而同說，以後，這裡肯定門庭若市，就怕預約還要等很久，我打包票，今日的戰友，永遠的座上賓。心想，這天最好快來啦！

2019.09.19

前天，大門口被放了一隻才剛睜開眼睛的小狗，取名小花，先收留了牠，把牠放在院子裡，一轉身，憨吉（老狗）趁我不注意，像銜著一塊豬肉一樣咬著牠的脖子跑掉，小狗該該叫，我趕緊從廚房衝出來從憨吉口中救出小花；而上週收

容的公雞—小紅帽，如果沒有在我的視線範圍內，豬小妹（年輕狗）跟憨吉就一起為非作歹攻擊牠，嚇得小紅帽咕咕振翅，白色羽毛掉滿地，最後只好將這兩隻關在同一個籠子裡相依為命了。

原本就忙碌的山居生活，這幾天一早又是餵雞又是餵小狗，顯得更忙碌了。

2019.09.23

這些年我像一顆滾石，磨去不少稜稜角角，總有人說：「妳大小姐拿錢來這裡玩⋯⋯」我只能點點頭笑著。

我負債經營，哪有資格玩啊！多想看到櫻花樹下，川流不息的人潮，以及穿梭在我一手種植的山林中，所以我願意用 10 年等侯，看著我花園人潮絡繹不絕，在風光中將大門鎖匙交給下一位承接人。但，在這一天到來前，我說什麼都不是。

2019.10.09

花園裡的雞犬越來越不像話了！

豬小妹經常躺在椅子也就罷了，這會兒直接躺到桌上；小紅帽好的不學，學壞的，也開始跳到桌上；小花整天追著小紅帽咬他的屁股，咬的滿嘴毛，甚至把牠壓在地上啃。

中午水電師傅們在戶外用餐時,這些雞犬原形畢露,跳到桌上跟他們「一起吃」,我在屋裡不經意聽到水電師傅操著台語說:「沒政府了!」馬上噗哧笑出來。

想到阿寄說的,我太放任這些雞犬了,都沒教好!

心想,我連人都管不住了,還管得了到這些畜牲嗎?!

2019.12.02

客人逛了造林區後說:你種的那些樹,你這輩子根本收不到。

最喜歡回答這題了,因為總可以很得意的說:「我根本沒有要收這些樹木,那是要留給這片土地的。」旁邊的太太說:「放心啦!她200年後就回來了。」

我把美麗的誓言「乘願」,寫在咖啡館入口處,現在每個人都知道我200年後會再回來了,好像我只是出門一下下。

2019.12.18

這個秋冬我的翻床率直逼我的翻桌率,有一天,睡夢中聽到打呼聲,硬是想不起,今晚是誰睡在我旁邊?

從秋天起,每週姐姐妹妹們輪翻來幫忙我,多半都是和我擠一張床,也因此在睡夢中出現了「今晚是誰睡在我旁邊呢?」的問號。

入夜,微冷,斟酒。
客來,暖心,杯乾。

2020.01.26

雖然是過年,日子依然日出而作日落而息,公雞依然被狗追著咕咕叫,我依然一大早還躺在床上就對小狗大呼小叫,叫牠不要再欺負公雞了,然後跳下床,跑到陽台朝小狗丟鞋子……

我這世外桃源還沒有沾染年味,依然清悠。今天終於有公雞的訪客了,公雞自從功德圓滿後,就在花園頤養天年,雖然三不五時要被小狗追殺,倒也練就了一身本領,牠的功德主謝謝我把牠照顧的這麼強壯,但我覺得該感謝的是小花,都是小花「照顧」的「好」。

2020.01.30

　　一早又是白茫茫一片，綿綿的水氣飄散著，濕冷入骨，大概是入冬以來最冷的幾天，每天都在 10 度以下，今晨 5 度，若問我山居生活什麼時候最美？我肯定回答就是現在。

　　今天咖啡館店休，場景改到花房理花去，於是頭髮一紮、運動褲拉上、厚外套穿上、毛帽戴上（冷鼠了！）脂粉未施，一付要去賣菜的樣子。沒想，真有人來買菜了，客人緩緩走進花房問：「一把多少錢呢？」

　　答：「 大把 150、中把 100。」

　　姐說：「 便宜，大把來 10 把。」

　　「 是，妹子給您裝盒，再送您 2 小把。」（ 感覺像在送蔥了）

　　另一姐說：「給我來 4 把。」

　　「來囉，裝盒嗎？」

　　「免了，報紙包就得了。」

　　「是，妹子給您捆好了。」

　　姐問：「帶盆的怎麼賣？」

　　「350 一盆。」

　　「拿兩盆吧！少算點！」

　　「沒問題，姐買多，就算您 300 一盆， 以後常來啊！」

2020.07.15

作了一大塊屋頂帆布 12 ＊ 7m，寫著「花舞山嵐農莊」，配合屋頂傾斜形狀，左右兩側，一側紅底白字，一側白底紅字，準備將農莊迎向天空，原本想靠自己拉上屋頂，但帆布很重，要拉上兩層樓高，恐怕不是我們這些閒雜人等能辦到，閒置了很久，就在要開音樂會前，心想，無論如何一定要放上，於是有請水電師傅幫忙，工人跟著一起拉，第一次拉到屋簷邊時，整塊從屋頂瘋狂掉下，第二次換個方式，才順利就定位，老闆就這麼在屋頂上的帆布行走，名符其實漫步在「花舞山嵐農莊」上。

就在掛好的時候，居然飄來一片山嵐～太美妙了！

2020.07.31

對外開放滿一年了，還記得一年前我給自己一週一天的「旗袍日」，滿足一下女性的虛榮心，同時讓衣服束縛行動，不能去作工，那時覺得每天可以打扮得漂漂亮亮的還不錯，好像回到年輕上班的時代。

經過一段時間，我不再有旗袍日，因為太麻煩了，沒客人時只能待在餐館裡，不能到花園去工作，

對我來說這很痛苦，我喜歡在花園裡勞動，很自然地，我又回到了生活面，回到了真正的自己，回到花園的懷抱裡。

2020.09.14

入秋後便開始修枝剪葉，這一剪要到收花了，每天鑽進樹裡至少超過 5 小時，沒有對話、沒有干擾，觸摸著樹，聞著不同的樹香，靜靜地看著樹，忽近看、忽遠看，就看修得美不美；最後，一把抱起修剪下來的枝葉，帶回花房整理，一樣，靜靜地，一束束用橡皮圈綑綁好，等著進拍賣市場待價而估，要說：這是很棒的感覺！平淡、恬靜。

2020.10.03

站在高處跟客人介紹造林區，往下俯看，手筆劃著，客人打趣的說，此時感覺好像君王站在看台介紹他的領土，從這裡到那裡……

噗，就這麼丁點「領土」的君王。

2020.10.08

涼了，今天。

走在晨間的花園裡露氣氤氳，直往臉上撲來，大自然保溼露，舒服，走進屋裡才發現今天是寒露，難怪，冷了。

這週的志工是國中同學，兩人閒來沒事包起水餃，明明很多事，卻裝作沒事，忙乎了一天，250顆，入凍！

同學人高手大，每顆水餃包得圓鼓鼓，都足以作一粒包子的餡料了！

介紹一下今天展現的三款手藝：雪裡紅水餃、黃金泡菜水餃、香蔥水餃。

一、雪裡紅是從小卦菜（台語）開始揉起，獨門配方是芥茉、薑末。

二、黃金泡菜則是與高麗菜混合，不再添加其它調味料，而是將黃金泡菜裡的醬汁打進肉裡。

三、香蔥與高麗菜混，主要調味為鰹魚粉、薑末、胡椒粉。

2020.10.23

要做 2021 桌曆了,我跟小史說:以「山」為主題,期望能穩住這座山、期望能有堅強的靠山出現。

「花舞山嵐」中的「舞」字是一位女性在舞動的姿態,非常具有美感,而「山」是一位男性開墾的姿態,簡單的身形,卻是一股力量。2020 年以「舞」,女性為創作主軸,2021 年以「山」,男性為創作主軸,一直希望「舞」與「山」有機會能認識一下,於是有了這樣幼稚的創作理念。原設計是背對背。

呈現出來的作品很美,很有意境,與 2020 的作品,一柔一剛,完美!很高興,舞女終於跟山男見面了。

2020.10.31

今天要去「結婚」,但新郎從未謀面。

超過一整年沒休週末了,但為了結婚那是一定要翻牌公休,雖然是體驗鄒族婚禮,但友人還是煞有其事,幫我物色「門當戶對」一位醫生與我配對,有趣!

一切行禮如儀，穿上鄒族新娘禮服，出嫁前的被打屁股、載頭冠，新人交換信物、喝同心酒，接受親人的祝福等等，最有趣的是巫師最後的祝福也是証婚，巫師用原民話碎碎念了一串，主持人說他忍不住要翻譯：「這一切都是假的、這一切都是假的、這一切都是假的。」哈哈！這一切都是假的，新郎、新娘連保存期限都沒有，因為無效。有二位同學剛好來玩，我帶著她們一起「出嫁」趣味橫生，很棒的活動。

今天山嵐飄散在曠野的山巒中，倒是很適合結婚的日子，頗意味著從今而後，兩人生活在一起，不用看得太清楚。

2020.12.08

牛伯是位工藝師，這個茶壺是他在展場的作品，壺很大，人可以走進去，是一個活動空間，象徵「有福（壺）之人」。展會結束後牛伯將這個大作品送給了只有兩面之緣的我，好一個天賜鴻福（壺）啊！

前題是我要有辦法將它運回農莊，果真這不是一般貨運行願意載送的物品，超高超寬，壺高3米半，加上拖板車高度，整體超過了必經的一個遂道

4.6 米限高，在牛伯的協助下，我們先將壺蓋切割拿下，以降低高度，即便如此也幾乎跟遂道等高了，這是全程最驚險的一段。

這龐然大物在蜿蜒山路間行進，時速只有 10 公里，大茶壺儼然成了路隊長，帶領了後面長長的一列車隊，就像在迎福（壺）一樣，壯觀且美麗，終於它跟著我回到花園了。

山嵐總是這麼調皮，茶壺就定位後，就像煮開的水蒸氣來壺上相襯，搶搶滾，不覺竟成了一幅美麗的畫。

第十六章

——

每個人心中都有一個 花舞山嵐

第十六章 每個人心中都有一個～花舞山嵐

　　2020 年 5 月，我去大學演講「啟動生命願力—還地於林」，這是這一年來我最津津樂道的一個題目，開墾農莊 8 年，最多就是借力使力，怪手來開挖、工人來搭建、錢從銀行搬，我只是扮演一個拼圖人的角色，逐一打造夢想藍圖，這些都沒什麼，充其量就是我比較勇敢罷了！

　　而「還地於林」就像一隻蝸牛從谷底爬上山峰的毅力，值得說嘴。當我面對一片陡坡檳榔林，從無計可施到帶著工人種下一片樹苗後，才真正感受到「生命願力」啟動原來會有超乎自覺能力的產生，這是未曾有過的感受，就像宇宙箴言「當你真心渴望一件事，整個宇宙都會聯合起來幫你完成。」在此之前不相信我有能力完成造林這件事，對我，畢竟是超乎體能之事，以及對於種樹知識的淺薄，一個不懂樹的人怎麼造林呢？在在都不是原來的我所能駕馭，是對於心中渴望的樹林不曾斷過的夢想給予的力量而有了另一個我，是夢想改變了一個人，我常回想那個階段的「那個人」是誰？肯定不是我，而是存在夢想裡的人走出來實現她的『花舞山嵐』。生命是由一連串夢想灌溉而成，就像花舞山嵐是我用夢想打造的花園，相信每個人心中都有一個『花

舞山嵐』(夢想)的種籽埋藏著,等待春天到來,就要發芽了,如果夢想夠堅持,同時意念不斷,自然變成一種生命願力,便會開啟屬於自己的「花舞山嵐」。

「花舞山嵐」就是個夢想,單純期待花朵能在山嵐中出沒,於是開始撒下種籽,漸漸地有不同的種籽掉落在土地上,不斷掉落,新芽就不斷冒出頭,當種子佈滿整個山頭時,花漸漸一朵一朵盛開,夢想於是飛舞了。

很多種籽會隨著風,或是被小鳥啣起,掉落在異地,植物因此展開夢想旅程,落地生根後,茁壯的枝幹代表它適應了新的地方,只有飛出去,才知道自己韌性有多強,才知道自己有多強壯啊!

從課堂上學生專注的神情,到課後給我的回饋,我看到好幾個「花舞山嵐」正編織著,也因為老師的提攜,讓我有機會講在舞台上分享屬於我的「花舞山嵐」,同時喚醒了學生沉睡已久的夢想。

　　謝謝你美麗的靈魂鼓舞了我，你的話語中充滿著戰勝脆弱的驕傲，逃脫了舒適圈，完成自己最後一戰。

　　從小到大，我都沒有為自己努力過追尋夢想什麼的，從沒做過，就連學測都是裸考，現在的我沒有目標，覺得活一天算一天，但是聽了你的故事後，覺得該給自己一個目標了，我要去追尋夢想，謝謝妳散發著無比的勇氣和骨氣影響了我。

　　彷彿與山也有了共同的視野，走進山的第八個年頭，一切似乎也隨花舞、隨山嵐神聖起來。感謝老師的分享、記錄，讓我平凡的日子裡又激起名為踏山尋夢的浪花，也希望您的付出終有結果，時光不負你，正如您不負對這片淨土的承諾，相信在往後的日子裡，您能成為阿里山上開得最燦爛的一朵花。

　　意念的偉大令人敬佩。因為這場演講，我知道追夢不被年齡限制。我相信 200 年後一定會

有一片樹林，且又會啟發另一個人，開啟下一段 200 年，傳遞久遠。

您的故事很有鼓舞的力量。大自然真的給我們很多想法。希望未來我有足夠的勇氣和你一樣實現夢想。

謝謝您讓我看見一種新的生活態度，也讓我明白心中的夢想，不管在幾歲實行都不遲。

在這場講座中，我見到意念，如您所說，生命是由夢想灌溉的，誰都有作夢的權利。

坐擁自然的懷抱，感受大自然給予的震憾，那是直搗心靈的感動。

謝謝你的分享。讓我對夢想又更加堅定了！

信念，比鑽石還堅韌，比黃金更耀眼。

後記：

　　演說的 ppt 是小史根據我演說的內容再三調整編排與美化，務必作到用心呈現，最後定稿時，我們一致覺得很像回到學生時代，小組作報告的感覺，又剛好對象是學生，我說：「對，做 ppt 的人不用報告，報告的人不用做 ppt。」

肆、人存乎愛

人存乎愛

第十七章

一個人的旅行

第十七章 一個人的旅行

2018 年，我去許很多地方旅遊，和同學、和家人，到哪都是一群人，但不管多少人，始終都覺得只有自己一個人，才知道，人群裡的孤單比一個人的孤單可怕，那是在海上飄泊沒有港灣可以停靠，完全失去方向的船隻。

2019 年，我去印尼過農曆年，過年，從以前就是一個令我焦慮的日子，喜歡過節，卻始終不能快樂的過節，人生若說難免有遺憾，那麼，這是我其中一件。這年，是我恢復單身剛滿一年，也是有生以來第一次一個人坐飛機去旅行，常問自己，有沒有一個人勇闖天涯的勇氣？其實沒有，我一點都不喜歡一個人旅行，我甚至害怕一個人睡在旅館裡。但這趟旅行著實讓我勇敢了不少。

旅途中內心充滿遺憾，雖愉快卻不是真正的快樂，我想，人生的快樂是有一個能與你分享生活點滴的靈魂伴侶，在我的旅程裡，當我看到美麗的景象、新奇的事物，第一時間突然不知要跟誰說去？

記錄這一趟一個人的旅行，更像是記錄我人生中一段寂寞里程。

旅途第一天

第一次坐桂冠艙，機票是兩人很認真累積多年哩程數換來的，卻是一個人旅行。

沒忘了 2018 是一群妹子幫我撐起花園，我無心園務，只負責吃，每天見著我就是：「姐，想吃什麼？」不太敢回頭看這一年是怎麼過活的，感覺像空白似，此行就是去印尼看妹子。

候機時，一位認識多年的出家師父，如往年傳訊息問我今年過得如何？我回：「孤單、寂寞、苦。」師父沒多問也回我五個字：「今年辛苦了！」當下淚眼撲簌簌，我以為不會再為曾經垂淚，這十個字貫穿了我的 2018。

踏上飛機時，收到三位朋友 (孤單、寂寞、苦) 來信，說，他們要離開我了，認為我該征戰 2019，不想阻礙我，換「希望與奇蹟」兩位前來相助，讓我別忘了信念。我不會忘的，但我想，會偶而懷念他們三位的陪伴。

從雅加達出機場,妹子已在人群中眼巴巴望著,一看到我出關,直揮手,喜悅溢於言表,我們相擁而舞,跳上車後直奔爪哇,已經坐車顛簸四小時,都入夜了,還沒到達目的地,中途在休息站吃了我的「年夜飯」,就三盤菜,每盤都黑嚕嚕,不知是黑嚕嚕看了心酸?還是在外地一個人的年夜飯讓我心酸?心揪了,這輩子都不會忘記這年的年夜飯吧!繼續馳騁在闃黑的公路上。

旅途第二天

昨晚行車 7 個小時才到西爪哇,已經 10 點半,累攤了,悶熱的氣候混身黏答答,別說我不洗澡,而是完全不知該如何洗。

妹子很貼心,安排我住進阿姨家,阿姨算是大戶人家,家應有盡有,就是沒有熱水,更別說蓮蓬頭了,就一個人造水缸,沒有水龍頭,一條水管從外引進,要用水時,需將那開關打開,開關在外頭隱密處,一直到離開阿姨家,我依然不知道那個神祕開關在哪?

已經 100 年沒洗冷水澡,200 年沒在早上洗冷水澡了,這意味著我將連續洗七天的冷水澡,很好,

人生將多一件記錄，當冷水從頭淋下的每一刻都在提醒我，還有什麼比眼前趕快把澡洗好更重要的事呢？而且一天要洗兩次，別問我為什麼？因為就是有必要洗兩次，早晚各一次。

　　阿姨家很大，大院子、大車庫、大池溏，還有個雞舍，處處整理的有條不紊，我睡的客房有床架有彈簧床，但很久沒住人，孩子都大了，離家了。床被略有霉味，彈簧床也凹凸不平，翻身都還感覺得到鐵絲的錯落，突然很想念我家鄉柔軟的床被，我穿著薄外套用帶去的浴巾貼近臉作為蓋被，躺在床上就不再翻身，減少身體接觸床的面積也免於背部被鐵絲的凹凸戳得不適。我知道我來到一個陌生的鄉下，我向來不喜歡陌生的地方，在陌生的地方我喜歡挨著人睡，減少不安全感，但這趟旅行我必須學會勇敢，學會一個人在陌生的地方睡覺。早上起來因為想洗掉整晚的霉味，而晚上必需洗掉整天在外悶熱所流的汗臭，所以一天必需洗兩次澡，只能忍受每洗冷水必起雞皮疙答，還要倒抽一口氣的冷感。

　　清早，我獨自在村落散步，看老母鴨孵蛋、看母雞帶小雞、看火車劃過稻田，空氣安靜到一個不行；每天散步回來就能品嚐到妹子為我準備的當地風味早餐，總要花很長的時間在廊下席地用餐，他們的孩子會邊吃邊在地上打滾，生活步調很慢很慢，慢到我可以沖壺茶細細品味，待一群人都飽足躺在地上納涼片刻後，再騎乘機車到田野兜風，黃沙飛揚撲了整臉，熱了，再回到廊下嗑瓜子、繼續喝茶，老天把我丟來這裡想必是要喚起我對生活的熱情。

　　雖然才吃第二餐，但是我覺得 11 天後回台灣，我可能會想要把筷子、桌子、椅子，全扔了吧！當食物送上來，很自然的，因為沒有餐具，只能跟著用手抓飯來吃，最後再把手指頭舔一舔。至於坐在地上吃飯也沒什麼不好，就像在野餐一樣，吃飽了還可以稍微躺一下，小孩子可以邊打滾邊吃飯，全然隨性。

旅途第三天

這裡的小學，要不是看見學生走進來，不會以為是學校，用斷壁殘垣形容或許太過，但簡陋到不可置信。看著小學生陸陸續續走進來，開始有熱鬧的感覺了，攤販也開始擺起攤來，有飯、煎蛋捲、果醬吐司、小玩具……更像是園遊會。

下午到中爪哇井里汶一個妹子家作客，紅色的地毯，看得出她用心款待，螃蟹、血蛤讓我有貴客之感，不久，門外坐了一排她的親友團，我想我更像是「怪」客。

餐畢，她提議去「洗澡」，我猜想是泡湯的意思，於是換上她給的便服、拖鞋，途中，他們知道姐姐喜歡花，還買了一些花瓣，說有容光煥發的意思，感覺會泡在整池的花瓣裡，幻想著。

經過墓園到達目的地後，令我啞口，完全不是我想像的「泡湯」，而是蹲在水井旁任由三桶水從頭上潑下，至於花瓣就放進水桶裡，任水隨著花瓣凋零在頭上。

走到第三口井，依然重複同樣傻事後，終於懂了，原來我們是在墓園裡尋找七口井，從這七口井舀出水，從頭沖下，同時許願，沖完七口井之後，

全身暢快淋漓，感覺所有的願望都實現了！

　　全身溼答答的走在墓園裡，怎能不顫抖呢？在這裡，我覺得生與死沒兩樣，在墳墓裡尋找希望，就像在絕望裡尋找一線生機一樣，我的願望正是希望能「絕處逢生」。

旅途第四天

　　他們問了我一個問題，我不是左撇子，為什麼用左手抓飯？我愣了一下，對齁，可能潛意識還停留在曾與印度客人用餐，印度人說右手「大小事」太多了，所以用左手抓飯，顯然印尼人兩隻手都一樣沒什麼事，於是我馬上改用右手抓飯，嗯～好吃多了！

　　今天她們帶我去山上 (覆舟火山)，雖然我才剛從山上下來，但無妨，途中經過茶園，下起雨來，又飄下山嵐，妹子大呼：「姐姐山上也經常這樣。」完全就是花園在給我捎訊息來了。

　　對著山嵐，我說：放心，不會拋下你們遠走高飛的，一定一定一起面對未來。

旅途第五天

今天的爪哇熱到爆，換我陪妹子們到遊樂園泡泡水，因為沒戴帽子只能用手帕把頭包起來以免曝曬過度，把頭包起來後，感覺有入境隨俗了。

一連去了幾個當地人的家裡，大家都席地而坐，客廳什麼都沒有，就一張蓆子，有些人家甚至蓆子都沒有，也沒有馬桶，連廁所門都沒有，就一塊布遮住一個小溝渠，一個水桶一個水瓢，就是衛浴了，生活可以很簡單，但我把家鄉的日子過得很複雜，我要學的何止是一個人的生活，還有簡單的生活。

我發現有一種熱情不會因為時間、地點不同而停止，除了妹子安排的行程外，她問我有沒有想去什麼地方？我的直覺就是海邊，或可以買貝殼的地方。當來到一個陌生的地方，我想只有熟悉的味道可以溫暖自己的心。都說，這輩子對什麼情有獨鐘，就是累世的記憶還在，我想，上輩子肯定是住在海龍王宮裡，才會對貝殼如數家珍。

旅途第六天

　　若說今天有什麼行程，就是「自討苦吃」，坐了一小時的摩拖車，等了一小時的巴士，跳上巴士已經下午一點半，顛簸五個小時後到達目的地時，博物館關門了！在路邊攤席地而坐吃了一碗乾麵、一杯甜死人不償命的果汁，又跋涉五小時車程，再坐一小時的摩拖車回住處。不怪妹子沒讀書，只怪自己讀了書還沒帶腦袋，只帶膽子出門。

　　這天我有種把自己置身在不安全環境中的感覺，先是坐上一輛滿是印尼人的老舊巴士，然後搭上計程摩托車，心想，若往郊區去我有勇氣跳下摩托車嗎？我身上一塊錢都沒有，沒有劫到財會很生氣吧！全身上下唯一值錢的是一隻沒有網路的手機。

　　坐在回程的巴士裡昏昏欲睡，醒來時昏暗車廂內只剩我們同行三人，此時已凌晨一點，有點懊惱怎麼睡著了！我畢竟是觀光客，這裡是較落後地區，一點警覺性都沒有，隨後又坐上妹子叫來的計程摩拖車，在沒有路燈的鄉間小路馳騁，風速打得我臉都扭曲變形，妹子早已不見人影，終於迷路了，眼前的人我不認識，路也不認得，身無分文……我

不敢再妄想，還好，終究是虛驚一場。好笑的是，說好租車十一天的，費用都給了，不明白為什麼要活受罪，誰讓我語言不通？罷了！

有時因為「相信」而將自己置身在危險環境中而不自覺，幸好「相信」沒有辜負我。

旅途第七天

經過 6 天早晚冷水澡及昨天的舟車勞頓，今天感冒發燒剛剛好而已。

原定早上要到雅加達，但司機說他要用車載他姐姐到醫院生產，讓我等到下午四點才出發，明明是我租的車，包含他，這就是文化。既然我選擇體驗當地的生活，那麼就全盤接受吧！昨天說的跟今天說的不一樣，也不窮究，人生本來就似是而非，更何況這不過是我人生中的 11 天，轉瞬即逝，要什麼道理？而此時的我全身無力，只想休息，什麼話也不想多說。

晚上 11 點終於入住飯店，幾乎要忘了熱水的溫度，要忘了蓋被子是什麼感覺，總算不用再忍受凸出的彈簧床鋼絲在我背部烙印，這一夜睡沉了。

旅途第八天

　　從一個村落到一個都市，有著截然不同的溫度，但之於我就是一個過客，沒有評論，就是感受，感受踩在鄉村泥土上仍帶有熱氣的溫度，如同人們的熱情；感受繁華的車流如同氣溫不斷驟漲，卻感受不到人的溫度。

　　又去了海邊，走了一小段河堤，場景讓我想到澎湖的觀音亭，學生時代的最愛，我讓妹子們別跟著我了，我想自己走走，走累了坐在咖啡館，喝杯咖啡再感受一下海風拂面，有時覺得孤獨會上癮，已經超過一年，獨來獨往，沒有超過 8 天有人黏著，更別說還有 3 天，開始想念我自己了。

　　正享受偷來的孤獨，不一會他們氣吁吁找來，我笑了，喜歡這種孤獨後的溫暖。

旅途第九天

　　今天去了植物園，超棒！見識到大喬木的參天壯闊，還有超大葉鐵線蕨，還有前所未見有長長翅膀的種子，一眼就愛上這裡，讓我流連忘返。

　　我知道「屍花」（巨花魔芋）沒開，但我以為可以看看他的葉子長什麼樣子，到處找，沒想到園

裡的人說，別找了，當花凋謝時全株就死了，最後連葉子一併腐爛，不久，球莖進入休眠後，就看他高興睡幾年再開花了。哇！這是我聽過最任性的花，偶像。但我還是很高興來到生長「屍花」的地方，彷彿可以嗅到空氣中它曾經散發出的屍臭味。

我因為喜歡樹，待了好幾個小時，每棵樹都細細品味一番，幾乎是龜速前進，一直都覺得樹很純粹，落下與再生，過去（落葉）交給風與大地，未來（新芽）交給陽光與水，只要全然作自己，在這裡，我捨不得走太快，太美太壯闊，可就苦了陪伴我來的妹子倆，只能在一旁摳指甲乾瞪眼。

晚上到老城區，也很棒，雖說「老」，其實還滿現代感，街頭藝人匯集處，這裏是這幾天來我覺得最不像印尼的地方，因為看不到隨處可見的小攤子。

旅途第十天

來到都市，才發現我一點都不喜歡都市，都市讓我覺得空虛，讓我覺自己是沒有根的人，好像一個靈魂在遊蕩尋找屬於它安身立命的地方，這下，我更篤定，回去後要重啟人生。

旅途第十一天 旅行教會我的事

「隨遇而安」無庸置疑是旅行教會我的事,當坐上滿車都是印尼人的巴士, 失恆的空調讓我汗流浹背,也將每個人的體味蒸散出來,我想這是旅行的味道。

當我躺在崎嶇不平嘎嘎作響的彈簧床墊,背部明顯被突出的鋼絲烙印,唯有不翻身才能減少不適感,我想這是旅行的感覺。

當冷水從腦門一天沖下兩次,唯一能做的就是忘掉「熱水」是什麼,領略冷水從肌膚滑過的觸感,我想這是旅行的溫度。

當預算超過計劃,樽節開支不是我想的,我想這不過是人生中的 11 天,忘了數字,這是旅行的代價。

當你把腳步交給別人時,那麼就別企求前進的速度,我想原地打轉也是旅途的一種行進。

沒有覺得必須藉由旅行所見的艱苦或落後來凸顯自己環境的幸福,畢竟人生不是比較來的,反而覺得入境問俗,隨遇而安是很棒的旅程。

　　這趟旅行避開了過年、避開了情人節，避開了令人傷感的節日，明明是好日子，卻感覺像在避難一樣。

　　回家，永遠是旅行結束時最開心的句點。

<旅途>
蜷縮在長椅上，
疲憊身軀滿是旅痕，
雨順著衣角滴落在背包上，
沉睡著。

沒有盡頭的顛簸路程，
那是旅途必經——
農村滿是陽光灑落的稻香，
漁村飄散捕魚後的魚腥味，
林子裡落下混身的芬多精，
疲憊身軀滿是旅痕，
車顛簸醒了沉睡的旅途。

後記：

　　2020 年，開店第一年，我選擇在山上與工人還有同學一起過年，雖然很冷清，但平靜，過年，也不過就是我人生眾多日子中一個日子罷了！重新愛上年節。

失去與重啟

第十八章　失去與重啟

　　還記得 2017 年烏來杜鵑剛種植時，就一根細細長長的，又瘦又醜，弱不經風。因葉子細長有別於其它杜鵑花屬，又名柳葉杜鵑，是唯一岩生杜鵑花科植物，為台灣特有種，民國 77 年依文化資產保存法公告為法定珍貴稀有植物。花型秀氣典雅，2－4 月為花期，分枝多且細長，具流線形，本園種植千株，花期時別有一番美麗景緻。

　　轉眼 2020 已經開花一片了，美麗得完全不似當年，這是我經常會走入散步的區域，獨自接手近三年，無法想像，這一片草地，2018 年我還跟女工跪在雜草中拿著鐮刀一刀一刀除，沒有噙著淚，就只是如杜鵑泣血，一層除完剛好一週，跪了兩週，就像在懺悔一樣，同時我知道，找男工勢在必行了，於是，在泣血杜鵑裡我踏出人生無畏無懼的第一步，而今，除這兩層杜鵑區的雜草用打草機只需兩天！

　　2018 年，上工才兩天的男工，說老婆生孩子，沒錢出院，問我能不能借錢給他？把他們接回來？

　　我帶著錢，要去把一家三口領回，那時我自己身心狀態也不是很好，就拖著身子骨到一個從來沒

去過的偏鄉，找了很久很久，要不是他們，這輩子可能都不會到這偏鄉來，車上的女工說：「姐姐，別理他們了，好麻煩哦！」就是因為麻煩才不能丟下他們。

看到新生兒，我有一種觸動，在我以為世界要停止的時候，一個新的生命躍然在眼前，我想是老天爺在提點我了，一個生命走到桎梏（我），一個生命啟動（寶寶），是生命在作連結。

我失去一個家，卻迎來一個家，對我而言是一種撫慰，讓我不至於那麼悲傷，接下來的半年，因為有寶寶的逗弄，有一個家庭介入我的生活，我的生命雖孤獨倒也不寂寞，2019 過年後他們便離開這裡，巧的是 2020 過年前又迎來一個新生命的家庭，在我最最孤單的日子裡，連著兩個新生命在過年期間出現在我生活裡，就像在告訴我，生命的目地在於活著，活著就有希望，在我最絕望的時候，看見了生命的希望，在我最恐慌的年節裡有了陪伴。這兩年，不時可以聽到寶寶的嘻笑、哭鬧，我把它歸在天籟，是大自然的聲音；聽到媽媽在哄寶寶的輕聲細語，是孺慕之情；聽到夫妻對話，是鸞

鳳和鳴啊！我失去的何止是一個家？是更甚於家的
「愛」，當愛瓦解的時候，人是空洞的，面對空洞
的自我很可怕，心中沒有歸依，兩個家庭前後陪了
我兩年才把這空洞補起來。

有時看著工人在樹下野餐，有時晚餐找我一起
在花舞廣場烤肉，有時聽著他們在晚餐後高歌，我
想，某種程度，工人教會我生活，也豐富我的生命，
等同拉了我一把，常在內心感謝這些工人，讓我在
人生低潮時沒有陷入絕望。

也感恩老天在我無能時給了我另一雙手，好工
人，讓花園工作不致於荒廢，並井然有序。

2018 年 9 月，失去了一隻愛犬—「黑輪妹妹」
我總是用台語這麼叫她。她是第一隻收養的流浪
狗，四隻狗中，唯一不會靠近我身邊的，經常是恬
靜優雅遠遠看著我，帶點孤獨感，有時覺得看到她
就像看到自己的影子。

那天早上她從我眼前走過，然後就是日常的樣
子，每隻狗隨意躺在我門前，男工來找我討論工作
時，經過她身邊，用食指跟我比了一個手勢，意即
她死了，我才驚覺。

　　我雙手合十感謝黑輪的陪伴與守護。然後請工人埋了她。

　　他們挖好了洞之後，問是否等我去才覆土，虧他們想得週到，我說，蓋上吧！待我走到，已是土塚，男工還給了她一個小小的石碑，我再度雙手合十默禱，祝福她將重生，這感覺很像在跟另一個我道別。

　　不久，跟了我一年多的女工因故要返鄉，這一年我無心煮食，多虧她，我沒餓著，雖不捨也是深深祝福，又一個生命從我生命中離開。不知道還要承受多少的「失去」，才能夠再度「擁有」？

　　2018、2019整整兩年，沒有為工人煮過一餐，放任他們自生自滅，下工還要餓著肚子煮餐食，有時還要幫我準備餐點，看他們把廚房弄得亂七八糟，也無所謂，隨便吧！都顧不好我自己了，還管得了廚房嗎？一直到2020年對外營業後，覺得我變溫暖了，那個可愛的我終於回來了，不再把自己關起來，會把三餐準備好，讓工人一下工就有熱騰騰飯菜吃。

　　2020 年 4 月，工人說要休息一陣子，看著他們穿戴整齊，與工作時判若兩人，不禁想笑，我的工作把來這兒的每個工人操得每天灰頭土臉、收工時都混身髒兮兮。

　　想想，這幾年工人來來去去倒也沒斷過，在我生活裡扮演很重要的角色，因為工人工作逼著我跟著工作，沒有荒廢自己，突然說要休息，感覺好像我也可以休息一陣子了，這時的我，身心狀態已回到常軌，他們一家的離開對我而言不再是「失去」而是「重啟」，我想，過去兩年半是老天的眷顧，工人自主銜接讓我沒有後顧之憂，得以安頓好自己的靈魂，是時候該自己因應沒有工人的狀態，對我何嘗不是生命的重啟呢？

　　2020 年夏天，我決定要學開小貨車，花園裡的小貨車我從來沒開過 (好像小毛驢那首歌) 就像我的計程車，要去花園哪裡就叫工人載我去，從 20 歲考手排車到現在，相隔 30 年，沒再開過手排車，潛意識有種抗拒感，有天工人不在，小貨車佔用了客人想用的地方，我請客人自己移車，隔天，客人走了，小貨車呆立在路旁，看著小貨車，心想，這

樣也不是辦法，不就是一輛小貨車嗎？我曾經開過手排車啊！於是，情商一位經常來店喝咖啡，從客人變成朋友的仁兄教我。第一天，因為地勢關係，只用了 1 檔跟 R 檔，但真開心，我終於讓小貨車動了，繞了杜鵑環路 2 圈，感覺我可以去開計程車了！第二天，他帶我到空曠處練換檔，終於，我能克服對手排車的心理障礙，失去的記憶，再度重啟了。

認識小史是在我獨自接花園不久後，就像我經常說的「徵兆」都是伏筆，那時絕對沒想到兩年後他對我的幫助。2018 年，我要出書了，他幫我畫了書的首頁，就像翻開書一樣，開啟了我們共事的第一頁。接著要作大量分享會的文宣；要開咖啡館了，更有作不完的海報、文宣、設計等等，這塊是我最弱的，卻是他的專長，宇宙彷彿預知了未來。

「花舞山嵐」四個字，每個字都有其設計理念，一開始是嫂嫂手繪稿，尤其「舞」字，是一位女性在舞動的姿態，非常具有美感，嫂嫂認為那是代表「我」的精神象徵，也代表農莊精神——舞動山林，而「山」是一位男性開墾的姿態，不起眼的身形，

卻是我身後的力量。為了廣泛運用，小史將四個字數位化，我很高興從此有了電腦檔，這四個字一站上文宣、看板、螢幕，那品牌感就跳出來了。

開始要設計最重要的咖啡館 logo 時，我們就幾個圖案進行討論並試畫，都沒有我想要的感覺，興許就算了吧！不久，小史給了我一個有人頭像的 logo，就是「舞」字的頭，感覺來了！他先將「我的頭」美化，然後截取，繞了一圈，竟是回到原來就有的圖案，也等於是回到農莊的精神，回到「我」的起點，回來作自己，這是很奇妙的過程。

海拔 900 公尺，四季分明，多數的植物均適合生長，從一開始的花卉產出農場，到完成種植約 5 千棵樹苗，於是有了上百種植物，幾乎將基地能種植的面積都覆蓋了。就像又點燃一個希望一樣，開始萌生寫園區植物誌的念頭，期望能寫出植物的美，並分享自己這幾年來種植心得。

於是開始策劃「植物誌」，首先「植物誌」標準字是小史精心為農莊設計，從一開始的草圖到定稿都是經過再三省思，光是「植」這個字，就寫好幾個版本，當中暗藏玄機，就是「木」要最大，意

喻樹木是本園（書）主體；「心」也要大，心夠大才能成就百年志業，但不能大於「木」，乃師法大自然之意；還嘗試直書、橫書、字體色等不同樣式，以及為表現泥土的感覺，將背景弄得有點髒髒的。

最後呈現在大家面前的三個字其實是經過一番心思，不敢用「完美呈現」，但「用心呈現」是我們一貫的精神。

因為有了小史在文案上協助，讓花舞山嵐呈現專業美編，我不用坐在電腦前拼「業績」，反而有多的時間到花園「舞」動，走進我屬於的山林，屬於我的花舞山嵐。人生，誰應該與我告別？誰又應該與我相遇？不得而知，人生下半場走了一批人，來了一批人，結束與開始本來就是生生不息的循環，如同「失去」的接續就是「重啟」；如同，我失去了一段人生，又重啟了一段人生。

＜夜色＞
天色微沉，
是的——長日將近，
依然守候你的到來，
在那晦暗前的懷抱裡，
有我靜靜的守候，
也許你會來，也許不會，
但心已飛向你的心坎裡-
夜色。

第十九章

——

挫 敗

第十九章　挫敗

2019 年 12 月。好久沒有「被興師問罪」的脅迫感了。

一天早上，坐在院子裡享用著早餐，天空正晴朗，忽聽見鄰居跑來興師問罪，因為一塊「往阿里山」的指示牌不見了，好巧不巧農莊的指示牌在前幾天請水電師傅位移，鄰居高度懷疑是我們「拿」走那塊牌子，以便放上我們的指示牌，正與園丁你一言我一語，吵得不開交，我原想就躲著不要出現或許事情容易許多，讓他吵完離開便罷，但顯然鄰居看見我了，硬是愈吵愈大聲，重複的話一講再講，看來沒把我逼出來是不會善罷干休的。

士可殺不可辱，我再三強調，我開墾農莊八年，砍檳榔四甲、種樹苗五千，再沒錢都沒有申請公帑補助一分一毫，那不就是區區一塊牌子嗎？犯得著「偷」嗎？我跟園丁說：去把我農莊的牌子拿下來。鄰居氣呼呼的說：早把你們的拆下來了！鄰居一走，我叫園丁去把農莊的指示牌拿回來。沒想到拿回來的指示牌已經被折得歪七扭八，那是多大的怒氣才能把那麼大的指示牌拗成四折？並且被丟棄路旁，唉，犯得著嗎？！都說台灣最美的風景是人啊！

2020 年 3 月

連著幾個月為了水的事，頗有煩心，村子裡的人因為我水路管線多有不滿，起初我完全不明白是怎麼回事？一而再，再而三來電話警告，讓我不明就理。終於搞懂了，因為我對水電的不懂，所以水電師傅在施作工程時，多半沒過問，以致於他在公管上加裝一個水伐讓水在旱季時能分流進我的管線多一點，我並不知情，後來我承認這樣確實是不對的，但想當初他會這麼作也是為我好，苛責也無濟於事了，現在為了這水伐吵得沸沸揚揚，甚至三更半夜傳訊息叫我好自為之，種種警告性質的言語，讓難得失眠的我失眠了，通常一到晚上，我幾乎是用「陷入昏迷」來形容自己的睡眠，這失眠倒也像極了老天給的功課，就看我怎麼過這關了。

雜草無所不在，草相很雜，是極盡所能來折磨人的，尤其局面已經失控的時候，身處在雜草叢中是稀鬆平常的事，放眼望去，最頭痛的是鬼針草（大花咸豐草），跟虎刺婆（薄瓣懸鉤子），特別是虎刺婆，全株細刺和倒鉤刺，葉子佈滿腺毛，非常難纏。植栽必須能在雜草中捱過數個年頭，不被覆蓋，才

能真正立足在山坡上，好比我打開對外營業的這扇門，要立足在這山頭，沒那麼容易，僅僅一塊牌子才多少天就被拆毀，掛了關東旗也被說招搖，這扇門才打開三個多月，就已經不得安寧，往後還有許多年呀，還需要更多的努力！

為了這片土地，我舉債，總想天地容我，就留；天地不容我，就走。但現在恐怕是，天、地、人容我，就留；天、地、人不容我，就走。曾說這是我人生最後一戰(站)，坦白說這一戰一直都不好打，但仍希望是最後一站。

<最後一站>
時間的洪流，
推著我往前，
好幾次想停下腳步，
但眼前的光景拽著我跑，
不禁困惑——為何而戰？
上天應允我——
將是最後一戰(站)。

　　後來我請水電師傅拆除了水伐，沒想到，他們並不滿意，還問，我園區的私管是誰允許裝的？園區的私管是買地就有的，動都沒動過，難不成我連用水的權利都沒有了？後來，他們私自動了園區的私管而沒告知我，加上那兩天園區又完全沒水，也不知是哪個水管破裂，還是哪出了問題？有進水卻留不住水，有水卻出不來，一整個就是挫敗感！有天去跑步，汗流挾背，回來只能用水管裡僅有的冷水擦拭；隔天去掃墓，天氣又熱，再不洗實在是……我讓工人提水，每人分配所需洗澡用，工人說：都給姐姐用，我們沒洗沒關係，我想，工人感覺得出來我的消沉吧！

終於，水，讓我萌生退意，想一走了之，要獨善其身沒那麼容易，念頭有那麼一剎那跑出來，不自覺竟走到造林區，神奇的事發生了，居然讓我看到雜草叢裡有一隻水管是斷的，造林區那麼大、雜草那麼多、水管交錯橫生，想必是老天引我來此斷我的念頭。

又隔了幾個月。

園區兩個水塔中的其中一個沒進水，造林區無法澆水，才知園區的水源又被村民動了手腳，水根本進不來，而另一個水塔之所以有水，是靠這片土地一處涓涓細水慢慢流進來累積而成的，當下覺得好感動，那細細的水，默默滋養我的心靈，安定了我在這裡的力量。至於沮喪，當然還是有。但相信是作利於大地的事，自然，有自然會相助。

過客？歸人？

第二十章　過客？歸人？

　　台中家一進門就看到「捨不」兩個字，我開始覺得「家」在等我回答這個問題。

　　回台中家的次數越來越少，逗留的時間也越來越短，常常不到 24 小時就閃人，這曾經是我最愛的家，一進門，不管有沒有人，總會大聲說「我回來了！」現在，顯得冷清。

　　一進門，看到「捨不」，我的回答依然是「不捨。」不捨這個我精心佈置的家變得如此空蕩，沒有生氣，但仍充滿了對這個家的依戀。一天回到家門口，我頓足了，竟然想調頭回嘉義，我想嘉義家才有等待我的生命。

　　突然，我愛上嘉義的人事物。這年是 2019，我將農莊大門打開，同時打開了我的心扉。

　　過去 7 年總是定點往返，不是台中家就是山上家，不曾途中逗留去發現嘉義的美與人的熱情，我想，過去是我不夠敞開心扉。

　　漸漸地回台中家時間少了，相對，留在嘉義時間就長了，於是，我試著走進嘉義的心扉，也讓外人走進我的心扉，感受嘉義的溫暖，那是我快要遺忘的溫度，我一直以為我是嘉義的過客，其實，我已是歸人。

　　2019 年，年中，當我敞開心扉後，開始有一些當地朋友走進我的生活，帶我玩耍、陪我吃飯，給我溫暖，漸漸地我不再覺得那麼孤單了。

　　去了七年來近在呎尺卻沒有去的地方——

　　每回下山總會在半山腰遠遠看到的仁義潭，終於繞進去了；蘭潭的水舞也在夜空下盡收眼底，黑暗中將燈光給襯托出色，當下心境對環境有了不一樣的領悟，燈光能照亮黑暗，黑暗卻無法掩蓋亮光，此時，我唯有是那亮光才能走出人生的道路。

　　多少次去嘉義市看到「嘉義植物園」指標，每回旅遊必找景點，就在眼前，居然視而不見，分明是近廟欺神，也終於走進去了。見識到我的柚木苗長大後是如此壯闊，葉子大得像一把傘，好可愛。

　　傍晚收工後去二萬坪追夕照，又去頂石桌跟著一群攝影愛好者排排站，等著捕捉琉璃光，美不勝收啊！

　　偷閒去了阿里山鄉未曾去過的台版合掌村「得恩亞納社區」和「多林車站」。很美的兩個地方，彷若世外桃源，寧靜有致，有種相見恨晚，近在咫尺，卻若比天涯，偷得浮生半日閒也值得了。

　　歲末去參加阿里山鄉的活動─生命豆季。以前不愛參與活動和熱鬧的場合，但現在生活漸次接地氣，反而愛上了當地風情。活動充滿熱情洋溢，尾聲，我們同行三人也上場跟著跳圈圈舞，讓生命一起律動，在煙火中結束了開心的夜晚。

　　入春，去頂石棹參加「春櫻夜、鼓動茶香」活動，沿著山路，以為這樣的活動肯定沒有人會來參與，況且又是平日。一到現場，出乎意料，滿滿的人，並且滿滿的櫻花盛開連綿不斷，還有數十茶席，發現隱身在山林的美麗，令人驚艷。當地友人為我們準備了晚餐，在這樣的美景下，吃著便當也是一種美麗。同時亦看著小朋友們在梯田茶園裡鼓動者大鼓，夕陽斜照在竹林上，場景太美了！阿里山太美了！

　　初春，跟著大夥到特富野參加鄒族戰祭。晚上的活動就只是圍著聖火，一直重覆吟唱與舞動身軀，為了不辜負原民朋友讓出她的行頭給我盛裝出席，於是跟著跳了兩個小時。跳的過程中，不時有族人會繞著內圈問是否要喝小米酒或水，我嚐試要了小米酒，喝完後，隔壁的男生才跟我說，要用左手而不是右手，敢情是右手大小事多，橫豎都是一進一出。這是別開生面的活動，而，這一年我確實需要戰神的加持！

　　入冬第一次到樂野村，是到一位美麗的鄒族女性所經營的民宿作客，鄒族女性的美真美！她的民宿也很美，夫妻倆準備了一頓豐盛的晚餐作東，讓我倍感尊榮。台中住了十幾年，不曾輪流著到朋友家作客，又或者說這不是我的風格，沒想到環境改變了我，我與山上認識的朋友們輪流作東，到彼此的家用餐，餐桌上閒話自家的阿貓阿狗，品味一壺酒帶來的熱情，感受道地的山居生活，是平淡也是豐厚，溫暖我心的何償是那入冬的火鍋，更多是那誠摯的情感。

　　很久沒在戶外烤肉了，換我邀山居朋友們和山下朋友們一起來同樂，從天亮烤到天黑，再從好天氣烤到白茫茫一片，又從白茫茫烤到下雨，最後烤到雨停，恢復了好天氣，歷時五個小時，在這樣多變的天氣下，大夥依然「堅守崗位」，聊不完的阿貓阿狗話題。住到山上後，烤肉不再用木炭，而是木柴，山下朋友一聽我們燒的木柴，直乎太浪費了！今天當柴燒的是一位老師提供的肖楠木，和我的牛樟殘木，山下朋友一付很捨不得的眼神，於是我們將最後一段肖楠木送給了他。要是以前我可能也會覺得浪費了，現在，覺得廢木當柴燒剛好而已。

　　漸漸地，農莊的客人有些變成了朋友，會為我帶來點心，帶來關心，帶來溫暖，我雖然離群索居，但有一群山居好友經常性串門子，這樣的生活雖孤獨倒也美麗。

　　有天下午送貨回台中，沿途經過公益路，大樓林立、車水馬龍、人聲鼎沸，商家目不暇給，充滿現代感，沒錯，久違的都市味道，與嘉義山上的靜謐有著截然不同氣息，霎那間有點動了凡心，好想回到我那溫暖的家，才多久前的事，我的生活圈還在台中，而今卻成了台中過客，短暫逗留，旋即回

嘉義，那點凡心跟著夜色沉寂，我又再度成了嘉義的歸人。

心葉毬蘭如同它的名字，葉為心形，花朵為小球形狀，長相極為可愛討喜，很容易辨識，莖部上有氣根，方便吸附攀爬物，它有個特色：生長緩慢。要說懶得生長也行，因為眷戀嗎？或許吧！當有依靠時，慢慢走是一種美麗，因為慢，所以葉片厚實，經常會被誤認為是「多肉植物」，實則不然，它只是雍容貴婦樣，而且葉片對生，有點像伴侶，心心相印，花序自葉腋長出，像依偎的小女人，臘質花朵如同上了彩妝，精緻得又像可口的糖果。要扦插繁殖不難，只需剪一段有氣根的成熟枝條，帶 1-2 片葉子即可，但以它的習性，要讓它茁壯還真不容易，需要很長時間培養。

台中家一進門就看到「捨不」兩個字，我開始覺得「家」在等我回答這個問題。我的回答是「捨得。」捨了台中家，得了嘉義家；捨了嘉義家，得了台中家。

　　過客？歸人？不重要了。重要
的是不管我人在哪裡，我就是那裡
的歸人！

第二十一章

寫給阿蓮娜的一封信

第二十一章　寫給阿蓮娜的一封信

親愛的阿蓮娜：

心苦了！辛苦了！

很開心，妳實踐了將自己所持有土地面積，種樹造林的大願。兩年前寫信給妳，那時的妳對造林還很茫然，甚至有種絕望感，但我一直都相信妳的潛能，知道妳必然能達成，果真，妳辦到了！沒有人比 200 年後的妳更高興。

也很高興，妳如願將花園大門打開，擁有了一間小小的咖啡餐館，就像敞開妳的心扉一樣，讓更多人走進這座花園，走進妳的生活，豐富妳的生命，相信等在暮年的妳會很高興曾經多彩多姿的人生。

轉眼已近三年，你一個人撐起這座花園，難為你了。我知道這三年來你非常的孤單，偌大的花園經常就你一個人，開車一個人，吃飯一個人，到哪都一個人，常常只能跟自己對話、跟花草樹木講話、跟小狗說話，看孤獨把妳訓練的如此自在啊！

＜仍然＞

經過多年以後

仍然

住著一個人 在心裡

是誰

仍然 一個背影

仍然 一個笑容

回頭好嗎

讓我看看

轉身一瞬

滿懷 竟消逝眼前

不 不要

就一直住著 在心裏

是背影 是笑容

仍然 在夢裏

仍然 不醒

仍然 仍然

　　白木蓮如同它的名字，長在樹上的白色蓮花，含苞時像蓮花花苞，略為綻放像一朵大玫瑰花，盛開時花朵碩大又像蓮花了，花瓣呈碗形，可盛接露水，偶或有小昆蟲棲息，花朵淡雅散發柑橘香，是不是跟妳很像？因為夠堅毅，所以連樹上都能長出蓮花，堅毅中又不失婉約，所以散發淡雅清香，胸懷夠大，所以能承接風霜雨露。

　　親愛的阿蓮娜，我不問妳賺多少錢？或做了多少事？只問妳過得快樂嗎？如果人生最後能作到歸零，那麼，不要追逐多餘的，希望妳能盡其在我，享受生命帶來的驚奇，感受天地萬物人對妳的愛，重拾妳的熱情，讓生活充滿冒險，放下工作，去開創新的人生吧！妳的生命因為那片已種下的樹苗而有了不同的意義，當妳在外面的世界遇到挫折、困難、嘆息，別忘了回來坐在樹下倚靠，它們會是妳最堅強的後盾，相信能給妳不同的省思。

　　如果，妳還有夢，就不要醒，讓夢想繼續起飛，讓意念繼續跟隨。
　　飛翔吧！阿蓮娜。

第二十二章

仲夏音樂饗宴

第二十二章　仲夏音樂饗宴

　　如果人生最終只剩下回憶，那麼何不讓回憶充滿美麗！

　　鳳凰是我專科同學，美麗的阿美族人、美麗的歌聲，她有個夢想「開演唱會」，而我有場地，因此我們有了共同的夢想——辦一場美麗的音樂會！這是在 2019 年夏天做的夢，那時因緣沒有俱足，啟動不了與天地合的盛會，一直到 2020 年春天，小史（助理，在第十四章 <失去與重啟>有提到與他相識的因緣）突然提到音樂會的事，心想，距離夏天尚有一季，如果能依排程完成既定事宜，例如在四月中能完成整體規劃、在四月底能將演出者及時間敲定、在五月初能完成邀請表單、在五月底確定表演內容等等瑣碎事，說不準真能在這個夏天鬧一場生命樂章，這就是「仲夏音樂饗宴」的緣由。

　　至於為什麼選在炎炎夏天呢？因為，四季中，我最喜歡夏天，所以把第一場音樂會辦在夏天，為「熱」愛自己生命留下一場名符其實的紀念。

首先，表演者與工作人員都是情義相挺，合計十七人，分文未取，我連車馬費都付不起，更別說演出費用，但大家依然興致勃勃來助陣，都想為生命留下註解，一生的一天，曾來到花舞山嵐戶外大舞台為四甲的花草樹木舞動，為聽眾到來演奏。表演者當然都不具知名度，可是都非常有程度，與會的聽眾好奇我是怎麼把這些人挖出來？又是什麼魅力讓這些人願意無償相助？肯定不是我個人魅力，而是花舞山嵐，是「夢想」的魅力！

挖出陣容

阿美族公主，也就是鳳凰，是我專科同學，30年的情誼了，更是農莊常客，她的專長是財務金融，每天跟數字打交道，這是我很佩服的，看到數字，尤其是錢，總是令我頭痛，想那是什麼鬼啊！不是我追它，就是它追我。財務工作想必壓力很大，在台北上班的她經常一放假就跑來這裏放空，遠離塵囂，享受大自然給予她的自在。

唱歌是她的愛好，曾在學生時代參加校內歌唱比賽得到第一名，30年後，再度站上歌唱舞台成了工作之餘的夢想。為了呈現最佳演出，她治裝、

節食、連騎機車都在練唱，這是沒有報酬的演出，還得自掏腰包，若沒有對音樂的熱愛、對夢想的實現、對自我的期許，是辦不到的，阿美族公主美妙的歌聲在音樂饗宴中讓雲朵盛開了。

　　品真是位鋼琴老師，是我將花園大門打開後，認識的新朋友，但我們志趣相投，很快成了好朋友。2020 年 5 月裡，一次連日大風大雨，名符其實的「雨勢」隔絕，賴老師傳了幾首施易男的歌給我聽，我說：「原來你喜歡這型的哦！我喜歡金城武型的，周潤發也不錯，最好是李查基爾。」

　　賴老師回我：「嗯，這些人都差不多，我喜歡武的……能整地、砍樹是目前的需求對象。」我看了哈哈大笑，直說：「我也是、我也是。」什麼周潤發、李查基爾通通靠邊站！

　　賴老師從小喜歡音樂，但大學卻唸了園藝，年屆不惑時跑去又唸了一次大學，當起了音樂老師，除了彈琴唱歌，還能作詞譜曲，文筆口才也有一套；而我大學唸農企業管理，一樣在年屆不惑時跑去唸了中國文學研究所，我們背景雷同，她也有一片林子，說要找我當顧問，讓我教她怎麼花錢，把她的林子也變得美麗，我說，當好朋友我不會，當壞朋友我很行！花錢的事交給我就對了！加起來超過

一百歲的兩個人，對話常常像加起來只有二十歲的樣子。

品真老師一直想在大自然裡唱歌給她的樹聽，沒想到讓花舞山嵐給捷足先登了。她說，先暖身，不久的將來，一定會在自己的樹林裡辦一個與大自然共舞的音樂會，那是她的夢想。

她的歌聲裡藏著一個 20 歲的靈魂，聲音一出來，就是一個「美」字，天籟啊！

輝哥雖說是舊識，但我一點都不認識他，第一次見面是 2016 年底，他們一群人是大嫂的朋友，來花園玩；第二次就是 2020 年 5 月了，我完全不記得見過這個人，但他在向晚時分吹起了薩克斯風，老歌，一群人跟著唱，同時跳起了舞，清風徐來，樹也搖擺了起來，花園彷彿進入了歌廳模式。法國知名作曲家白遼士曾經形容薩克斯風是：「時而莊嚴、平靜，時而夢幻、憂傷；時而如林間微風般難以察覺，又時而如鐘鳴過後，留於謎樣般的撼動。」他們離開花園後，我一樣忘了輝哥。

就在安排表演人員時，內定的人不克參加，大嫂提議讓他補缺，能讓音樂會多元化是好的，就這樣，輝哥是最後一位加入的團員也是「團長」，雖說是「團長」，但誰看得出來？混在我一票朋友裡

面，還以為是我同學咧！經過這次音樂會後，我恐怕很難再忘了輝哥，他的薩克斯風演奏讓現場聽眾如痴如醉。

　　主持人「元元」是我的姪子，我看他沒有拿奶瓶後，就開始彈起了鋼琴，一路到現在唸了音樂系研究所，理所當然，音樂會總監非他莫屬，同時找來一票玩音樂的同學助陣，一群年輕人讓音樂會洋溢著青春氣息，高亢的歌喉將現場嗨翻天，無疑，這是夏天的味道。

　　就在同時，也催生出在年初就想作的園區歌曲〈花舞山嵐〉，我填詞，他譜曲，在節目的尾聲，所有與會人員在「花舞山嵐」唱響了〈花舞山嵐〉這首歌。溫暖的旋律，動人的詞，綿延在散去的人群中。

　　很感動，這麼多人一起唱，讓我感受到天地正透過一群人的歌聲傳遞，是給予我堅韌生命的時刻，在山嵐靜美中悄悄地。

<花舞山嵐> 詞：阿蓮娜 曲：元元

山嵐
隨著清晨出沒，
時而翩翩的來到，
又悄悄的離去。

花
隨著山嵐翩然起舞，
時而隱沒在其中，
時而搖曳在風中。

美麗靈魂
跳躍在雷鳴深谷中
山嵐靜美中
感受天地給予我堅韌生命

我願乘願再來，
只為那 虛空有盡，我願無窮
我願乘願再來，
只為那 娑婆世界寫下美麗註解
我願乘願再來，
只為那 空谷花舞山嵐。

花舞山嵐

詞：阿蓮娜
曲：元元

山嵐

隨著清晨出沒，　　　　時而翩

翩的來到，　　又悄悄的離去。　　花

隨著山嵐翩然　起舞＿＿＿＿，　時而隱

沒在其中，　時而搖　曳在＿風中。

美麗靈魂　　跳躍在　　雷鳴深谷中

山嵐靜美　中感受天　地給予我堅韌　生

命我願乘願再來　　只為＿

那虛空有盡，我願無窮＿＿＿＿我願乘＿

願＿＿＿ 再來， 只為＿＿ 那 娑 婆 世

界 寫 下 美 麗 註 解 我 願 乘＿ 願＿＿＿ 再

來， 只為＿＿ 那 空 谷 花 舞 山 嵐。

　　陸震，年輕的聲樂家，是元元在音樂界的好朋友，這次有他的參與讓音樂會增色不少，聲樂一出來，迴蕩在山谷是那麼地清徹嘹亮，彷彿撼動了整座山林，山巒都成了音符跳躍起來，我充份感受到花隨著舞，山跟著和的快樂，相信這一刻山林也感受到這場音樂會是為祂們而辦。

　　詩尹是我姪女，沒想到她會主動表明要參加，她總是很安靜，如同她養的貓咪蜷縮在一角，從小就學音樂，我想是音樂會喚起了她的音樂魂，讓她願意站在眾人面前演唱，很高興看到她盛裝，呈現最好的給聽眾。

　　俞璇是我外甥女，大三的學生，也是最年輕的表演者，在大學裡擔任古箏社團社長，也是自告奮勇參加。對於年輕人，我很樂意給予機會，如同我在學習的道路上，接受別人給我的機會一樣。
　　有趣的是，她的期末作業「採集植物標本」，來我農莊採集，得到老師的最高分，並且讓老師很好奇花舞山嵐農莊植物的多樣性，成功的幫阿姨打了知名度。

　　至於「花舞山嵐姐妹團」，故名思義都是我的好姐妹，有同學、有親友、有朋友的朋友，都是這裡經常性的志工，只要辦活動缺人手，或我忙不過來的時候，都義不容辭，情義相挺，從各地來幫忙，對我照顧有加，這次活動還好有她們當工作人員，裡裡外外打理，更是安定會場的重要人員，也是我最大的支柱。

　　既然是農莊的音樂會，舞台就是農莊裡的小貨車，主持台則是我的皮卡，這樣再應景不過了，前置作業就我和小史先策劃好，我提前兩天作場地佈置，大夥紛紛從各地提前一天到，表演人員利用半天彩排，工作人員開始準備餐點，主持人元元和他的夥伴們搬來許多樂器，我則租用專業音響設備，一點都不馬虎。當天有專業的樂器和專業的伴奏，音樂會在酷熱的天氣下熱鬧登場，完全與前幾天陰雨綿綿截然不同。

　　有人問下雨怎麼辦？我倒沒想下雨，反而擔心會很熱，就準備了幾支大洋傘，當天一早，人還沒起床，太陽已經高掛了，愈到中午日頭愈高張，音響設備也怕曬，要了一把洋傘去，所有的人都躲到洋傘下，廣場的中間是搖滾區，幾乎沒人想變成肉乾，只好多數時間由我代表去給太陽曬。

　　整個活動非常的熱鬧、帶勁，充滿了歡笑聲，就像滿漢全席，有勁歌、有抒情、有聲樂、有說唱、有古箏、薩克斯風、長笛、中國笛、吉他、鋼琴等多種樂器，也不枉費聽眾說，光看到搬這些樂器到山上就足以知道不是隨便辦辦的音樂會。

　　月橘最常聽到的別名是「七里香」，其實不只「七里香」，它的別名還有「九里香」、「十里香」、「千里香」、「萬里香」、「滿山香」等十數種，都是花香能飄散很遠很遠的意思，我覺得花舞山嵐的樂聲好比月橘，傳遍了千里、萬里、滿山、滿谷，樂音攸揚。

　　音樂會進行到 5 點半時，天空飄來一片烏雲，滴了 2 滴雨，元元問我，暫停嗎？我回，繼續吧！雨看樣子下不來。但樂器不能淋雨，他怕……我說，那樂器進雨棚，舞台不動，表演人員照進度。烏雲逗留了一會，音樂會只中斷 30 秒，沒有移動任何

設備，節目順利進行到最後一首歌＜花舞山嵐＞，在這首歌聲中圓滿結束了音樂會。

大紅夕陽掉落在海平面上，萬家燈火緊接著升上，在星空下，表演者與工作人員全到廣場上慶祝這美麗的一天。

我比誰都開心辦了這場音樂饗宴，明知道不會賺錢，甚至有可能貼錢，又沒什麼人手，以目前的狀況，辦戶外音樂會吃力了點，有些事就是這樣，一個念頭就產生一股力量，一群人一起朝這件事前進，集體意識的力量很驚人，最後竟也促成了，想必是天意。

音樂會前連續下了 8 天的雨，音樂會後已經連下好幾天的午後雷陣雨，我開始好奇會連下幾天呢？前兩天都在 3 點 10 分下起傾盆大雨，那是我音樂會開場時間，開始我只覺得是幸運，當下到第 10 天時，已經不是幸運可以形容了，而是不可思議！就跳過 7/18 沒下雨。知道那代表什麼嗎？是宇宙在告訴我，祂眷顧著這裡，因為這裡有愛，有很多的愛來到這裡。

　　宇宙一直眷顧著這裡，記得 2019/12/5 一群國軍來辦家庭日活動，那是第一次接戶外活動，作百匯（beffet），那幾天下著雨，我獨自坐在咖啡館看著雨，聽著 70 年代的英文老歌，心裡琢磨著活動，辦是不辦？對方沒來電，我也沒去電，心裡想的是背水一戰（感覺我滿好戰的），55 人食材已採購妥當，不久，對方捎來消息——風雨無阻。才鬆了一口氣，可以鳴鼓旌旗了！

　　當天整裝待發，像要上戰場一樣，外面正下著大雨，心想這下可好，一堆食物等著上餐檯，一群人戶外活動，只能不斷祈求老天許我一個晴天，天空居然漸漸明亮，食材一一擺上，雨居然停住了，就像關上水龍頭一樣，來賓就在這個時候進場，彷彿所有的準備就是為了這一刻，活動在無雨中進行，活動結束後又開始下起細雨，太不可思議了。只能說老天慈悲。

　　彷彿做了一場仲夏夜之夢，音樂會在樂聲中歡樂了人心，也熱鬧了夏天。感謝每一位有程度的表演者，以及情義相挺的姐妹們幫忙和與會的聽眾，更感謝老天眷顧，才遮住最後即將的烏雲而沒落下雨，萬物皆有靈，天地山川草木亦然，一開始的初心是為了表演給四甲的花草樹木，就算沒有人來共襄盛舉也會盡情演出，想必這裡的萬物都很期待這天到來，才能共鳴出好天氣。

　　在第一本書，最後一章＜十大功勞＞裡寫的，舉凡一件事的成就，絕非一人所能，十大功勞永遠不只十大，＜仲夏音樂饗宴＞若不是一群充滿愛的人聚集到花舞山嵐，將花園裡裡外外打理得漂漂亮亮，為大家烹食，為大家演唱，不會連上天都動容。

　　再一次感謝這幾年來支持與鼓勵我的每一位功勞者。

愛盛開了笑容，笑容凝聚了愛

讓夢想起飛，讓意念跟隨…

讓夢想起飛，讓意念跟隨…

讓夢想起飛，讓意念跟隨…

讓夢想起飛，讓意念跟隨…

國家圖書館出版品預行編目資料

花舞山嵐農莊　阿蓮娜的蛻變花園 = A farm with flowers in the
Mists-Alena's transmutative garden/ 陳似蓮著
 --初版-- 臺北市：博客思出版事業網：2020.12
ISBN：978-957-9267-86-1（平裝）

863.4　　　　　　　　　　　　　　109019039

現代散文 9

花舞山嵐農莊　阿蓮娜的蛻變花園

作　　者：陳似蓮
編　　輯：塗宇樵
美　　編：史益宣
封面設計：史益宣
出 版 者：博客思出版事業網
發　　行：博客思出版事業網
地　　址：台北市中正區重慶南路1段121號8樓之14
電　　話：(02)2331-1675或(02)2331-1691
傳　　真：(02)2382-6225
E－MAIL：books5w@gmail.com或books5w@yahoo.com.tw
網路書店：http://bookstv.com.tw/
　　　　　　https://www.pcstore.com.tw/yesbooks/
　　　　　　https://shopee.tw/books5w
　　　　　　博客來網路書店、博客思網路書店
　　　　　　三民書局、金石堂書店
總 經 銷：聯合發行股份有限公司
電　　話：(02) 2917-8022　　傳 真：(02) 2915-7212
劃撥戶名：蘭臺出版社　　帳號：18995335
香港代理：香港聯合零售有限公司
電　　話：(852)2150-2100　　傳真：(852)2356-0735
出版日期：2020年12月 初版
定　　價：新臺幣280元整（平裝）
ISBN：978-957-9267-86-1